U0929609

一部探寻文化源头的书  一幅乌孜别克族、满族民间心灵肖像

故事系列

金翅膀的夜莺

乌孜别克族、满族

张新泰　马雄福　主编

玉素甫·依沙克　别克苏力坦·凯赛　副主编

新疆人民出版社
XINJIANG PEOPLE'S PUBLISHING HOUSE

图书在版编目(CIP)数据

金翅膀的夜莺:乌孜别克族、满族/张新泰,马雄福主编.—乌鲁木齐:新疆人民出版社,2011.9
(民间新疆·故事系列丛书)
ISBN 978-7-228-14499-0

Ⅰ.①金… Ⅱ.①张…②马… Ⅲ.①乌孜别克族—民间故事—作品集—新疆 ②满族—民间故事—作品集—新疆 Ⅳ.①I277.3

中国版本图书馆CIP数据核字(2011)第182989号

出版策划/刘光宏 陈 漠
丛书统筹/陈 漠
责任编辑/赵 珍
整体设计/刘堪海

出 版	新疆人民出版社
地 址	乌鲁木齐市解放南路348号
邮 编	830001
电 话	0991-2813860(编辑部) 0991-3652361(发行部)
制 作	乌鲁木齐捷迅彩艺有限责任公司
印 刷	新疆金版印务有限公司
开 本	880mm×1230mm 32开
印 张	6印张
字 数	130千字
版 次	2012年2月第1版
印 次	2012年2月第1次印刷
印 数	1~3 000册
定 价	20.00元

目 录

乌孜别克族

满　族

乌孜别克族

阿亚孜大臣

国王骑着马飞奔在遥无尽头的河谷，追赶着前面奔逃的鹿。绕过一个山冈，看见一个小小的绿洲，便停了下来。一看，这里是一个熟挂着各种水果，开满五彩缤纷花儿的果园。已经非常饥渴的国王还没下马就喊道：“喂，这儿有人吗？”从果园里走出来一个大约四十岁左右，脸色黝黑，容光焕发，满脸胡子，眼光敏锐，身穿粗布圆领对襟衫，脚穿皮窝子①的人，对国王有礼节地致以问候：“好哇，您来啦，尊贵的客人，请您下马吧，欢迎光临寒舍。”说着，就把国王请到果园。国王说：“请来点喝的吧。”园丁说：“好的，陛下，就来。”就进了屋子。他不敢怠慢，端来满满一泥碗石榴汁给国王。国王喝了石榴汁，也忘了道声谢谢，一心只想着去找逃跑的鹿，便策马去追了。

过了几年，有一天，那个国王打猎又来到这个果园。和先前一样，国王喊道：“喂，这儿有人吗？”还是那个园丁走了出来。国王又是要水喝。“好的，就来。”说着便进了屋子。可是没有立即出来。口渴的国王大叫道：“园丁，你在哪儿？”国王急得发起火来，下马进了果

① 皮窝子：用生牛皮做的鞋子。

园。国王想砍死园丁，把手伸向马刀，这时，园丁走了出来。但是，他端来的不是泥碗，而是一个小陶碗。碗里的石榴汁连一半都不到，园丁把它给了国王。国王咕嘟一口就喝掉了，然后他把碗摔到地上，发怒道："上次，你那么快就端来一泥碗石榴汁，今天你为什么就不快点出来？而且拿来那么少的石榴汁！"园丁不慌不忙地说道："尊贵的陛下，过错可不在我，上次，两个石榴榨出满满一泥碗石榴汁。可今天，压了五个石榴也只有半小碗，所以，让陛下久等了。"

"这是什么原因？"国王问道。

园丁说："那时候，我们的国王公道，人民不受压迫，生活富裕。而现在我们的国王却越来越残暴，连老百姓的骨髓都吸干了。看，我井里的水都干了，庄稼颗粒无收，这些树也都干枯了，瓜果收成无望。"园丁用手指着四周的庄稼继续说道："果园也没有了树荫，炎热的夏天，小树的树叶发黄掉落，这些就是那残暴的标志和象征。"国王听了这个回答，一声不响地走了。这个国王曾是个受尽苦难、饱受压迫的穷人。有一天，他时来运转，福星高照，成为这个国家的国王。他打碎了压迫，解放了百姓，他以为从此天下太平，便掉以轻心起来。

国王回到王宫后，想亲眼看看实际情况究竟怎样，然后再评价园丁的话是真是假，便微服私访，走街串巷，遇人谈天……他根据所见所闻，作出了熟人、靠山、金钱三者是天堂与地狱的桥梁这一判断。国王对园丁很是钦佩，他醒悟后，为自己忘记了百姓而感到无比难过和愧疚。他立刻把园丁叫到宫里来，将他委以大臣之位，请他来共同治理国家。园丁的名字叫阿亚孜，他接受了国王的聘请，开始清理政权中的腐败，惩治贿赂、贪官污吏及社会上的窃贼、赌徒、烟鬼、流氓等，任用了能倾听百姓疾苦、解决百姓困难、主持公道的清官。对于这些事，国王和阿亚孜亲自动手，因此，国家如同枯木逢春，恢复元气，百姓红光满面，神采奕奕，人们沉浸在欢乐之中，国王的威望也提高了。

阿亚孜原先是一个从山林到城市以卖柴为生的单身樵夫，他最初是养鸡，而后养羊，再后是买牛牧养。有一天，他赶放着牲畜来到这个河谷，他仔细察看河谷的土，发现这里可以成为土地肥沃的种植园和花园，便在这儿安家落户。他历经千辛万苦挖了口井，用井水浇灌果园，开辟了绿洲。为了开发和繁荣这个地方，他又召来了城市的几个贫民户，为了给要来此地的游牧人供应食粮，他们在果园的四周栽了沙枣树，开垦了土地，每年都种植小麦、玉米，为了大地的丰收辛勤流汗。自从来到王宫以后，阿亚孜看到王府厚重的大门，自己办公地和卧室吊挂窗帘的窗户，觉得自己的脸被蒙上了四十层窗帘，变成了难让人见的天使一样。啊，阿亚孜，你刚还是一个不引人注目的、人微言轻的小小老百姓，现在居然一下成了百姓的恩人和希望。这厚重的大门和窗帘不要成为把你与人世间隔绝的屏障。人民在，你就在……心里说着，就把皮窝子挂在了床位的天花板上，又写了“阿亚孜，莫忘过去的苦日子”的条幅贴在了床边的墙上。

国王把阿亚孜大臣视为智慧的宝库。因为，他和阿亚孜大臣的每次商谈都好像找到了新的智慧。他经常看到阿亚孜不是为国事操劳，读书求知，就是关注百姓的疾苦。阿亚孜大臣又是那样的英明，对任何问题都有现成答案。

一天，国王来到阿亚孜的寝室，看到阿亚孜大臣正写着这样

的字:“知识是如此的光辉,它是人类心灵中不灭的明灯;如果没有知识,人将变成睁眼瞎,变得无知,他的心灵将黑暗,其身躯犹如枯木……”

国王便问道:“我们靠什么生存?”

阿亚孜大臣说:“我们是鱼,人民是水,我们就是靠那水来生存。”

国王又问:“最高贵、最卑贱的是什么?”

阿亚孜大臣说:“得民心者最高贵,失民心者最卑贱。”

阿亚孜大臣的记忆力也是那样的强。有一天,国王在阿亚孜的陪同下骑着马逛京城街市。他们来到一条街的拐角时,国王问阿亚孜:“马上能吃的东西,什么最好?”

“鸡蛋。”阿亚孜大臣回答道。

此后过了十年,国王又同阿亚孜大臣骑马逛京城,来到那个街角,国王又问阿亚孜大臣:“和什么吃?”

“蘸上咸盐吃。”阿亚孜答道。

传说“莫忘过去的苦日子,莫烤你的皮窝子”这句谚语就是阿亚孜大臣留下来的。

讲述:吾甫尔江·卡里木

采录:乃吉米丁·斯迪克 **翻译**:马和苏德 **采录地**:乌鲁木齐市天山区

福尔凯特的教诲

从前，有个名叫赛依丁的猎人，惯于用铁夹捕获猎物，全家就靠铁夹捕获的猎物生活。不巧的是，一个时期捕获的尽是狼和狐狸，肉不能吃，仅靠偶尔捕获的几只野兔度日，全家老是饿肚子。

就在全家饥寒交迫的日子里，忽然，铁夹夹了一只羚羊。赛依丁见了，简直不敢相信自己的眼睛，急忙跑到落网的猎物旁去。

赛依丁打猎通常是用刀子把猎物宰了，然后从铁夹中取出，带回家去煮熟了吃。这次，当他掏出刀子靠近羚羊的时候，发现它的肚子鼓鼓的，原来是一只即将产仔的母羚羊。羚羊乞怜似的望着赛依丁，泪水扑簌簌地滚落下来。赛依丁顿生怜悯之情，把刀子装回鞘里。心想：与其杀死它，还不如养活它，到时候，一个可变成两个。于是，他解下腰间的绳子，从脖子上把羚羊绑住，从铁夹里取出羚羊的脚来，拉着一瘸一拐的羚羊向家里走去。半路上一位头戴白色莱①，胡须修剪得十分漂亮的人挡住了他的去路。

“喂，陌生人！看来你像是个猎人。这只生灵对人类毫无害处，

① 色莱：伊斯兰教学者头上缠的白布。

不知你为何让它泪水纷纷，不知你把它带到哪里去？”陌路人说。

赛依丁回答：“能带到哪儿去呢？自然是带回我家里孩子们身边去了。他们好久没吃过肉了，正饿着肚子守在锅台边哩。”

“你仔细看看！难道你没看见它鼓鼓的肚子？难道你没看见它流血的瘸腿？难道你没看见它泪花花的眼睛？”陌路人说。

赛依丁说：“看见了，全看见了。但是，我遭受的痛苦比它还要大。不得已呀，只好带它回家去。”

“那好吧，你把它卖给我，我给你双倍的价钱。”说着，那人从怀里掏出一块金币递到赛依丁手里。

赛依丁吃惊而又难受，一面接过金币，一面给羚羊松了绑。那人从缠头巾上撕下一块布，包扎了羚羊腿上的伤口，然后让赛依丁把它放走了。

赛依丁眼望着羚羊一瘸一拐地逃走了，再往身旁一看，刚才那人早已消失得无踪无影了。“真主啊，莫非我遇见了黑孜尔老人！”他心里这么琢磨着。他又看了看手里的金币，金币闪耀着黄灿灿的光芒。

赛依丁手里紧紧攥着金币，急忙跑回家去。第二天，他到巴扎①上给妻子孩子买了食物、衣料，还用剩下的钱买了一头带牛犊的乳牛。这样一来，日子比以往好过得多了。

赛依丁继续干着打猎的营生。一天，铁夹夹住了一只野山羊。他把野山羊带回家，和孩子们美美地饱餐了一顿。第二天铁夹上又夹了一只野山羊，赛依丁把它带回去煮熟了，做了一顿肉夹面片。就

① 巴扎：集市，市场。

这样，他安的铁夹里每天都能夹住一只野山羊。野山羊的肉都吃腻了，于是，把后来捕获的野山羊驯养了起来，慢慢的赛依丁的羊群增加到了两三百头。

一天，赛依丁的铁夹夹住了一只硕大无比的公盘羊。他想宰了吃吧，又舍不得。因为，至今他的羊群里还没有一只公羊，对羊群的繁殖极为不利。这只公羊自己找上门来，怎能宰它呢！

赛依丁正在左右为难的时候，忽然看到远处的土丘上有一只羚羊正望着他。只见羚羊从土丘上跳下，走到他身旁，示意他把公盘羊从铁夹中放出来。赛依丁理会了它的意图，立即把盘羊放出铁夹。刚才还在惊慌不已的盘羊，从铁夹里解脱出来，变得异常驯顺，乖乖地跟在羚羊后面走了。赛依丁看到羚羊朝着自己家的方向走去，于是，紧紧跟在它们后边。

公盘羊走到村边，看到了赛依丁的羊群。这时，羚羊猛地一跳，跑得无影无踪了。公盘羊仿佛找到了自己的亲人，高高兴兴地加入到羊群里去了。从此，赛依丁的羊群繁殖得很快，数也数不清了。

以前，由于黑孜尔老人的教诲、帮助，赛依丁放走了羚羊，而今得到它的好报。赛依丁从内心深处对黑孜尔老人千恩万谢。

据说，对猎手赛依丁和羚羊施予恩德的“黑孜尔”不是别人，而是以《放走你的猎物吧，猎人！》一诗闻名于世的乌孜别克族古典诗人福尔凯特。

讲述：阿吉尼沙·塔什甫拉提

采录：泰莱提·纳斯尔　**翻译：**刘奉仉　**采录地：**伊宁市乌孜别克街

年过六十遭弃的传说

很早以前的某一个时代，有一个国家的国王下了这样一道圣旨：凡年过六十的人，不允许在本国管辖范围内生活，必须迅速离境，违者斩！

国内的老人和有年老父母的人们看到这一圣旨，顿时沉浸在一片悲痛之中。老人们离开家乡，离开儿女，被迫四散而去。很多人踏上去异国他乡的旅途后，就再也没有走出戈壁荒漠。但国王根本听不进他人的劝谏。

就这样，过了一月又一月，一年又一年。有一天，足智多谋的右丞相终于想出了一个办法。他斗胆对国王说："至尊至慈的陛下，我们的王国现在正走向没落。我建议开展一次全民性的'测智'活动，激励人民开动脑筋，献计献策。"国王同意了这个建议。没过几日，一道圣旨向人民宣告：要举行全国性的"测智"活动，对于成绩好的将予以重奖……

"测智"的方式是：一、铁笼里放一只加料催肥的动物，问这是什么动物？二、毛色、个头一模一样的一对骒马，它们的嘴脸套在料兜里，问哪一个是母亲，哪一个是马驹？三、有一截五膀子长的木料，削去了枝梢，剥光了皮，两端粗细匀称，问哪一头是树梢？

国人一一前来，屡屡观看，却无一人拍胸脯说他能回答。

话说在一个偏远的戈壁，有一个年轻的樵夫。这个小伙子年幼就失去了双亲，是砍柴为生的爷爷拉扯大的。爷孙俩相依为命，生活得也很惬意。自从国王有了驱逐老人的圣旨后，小伙子把爷爷一直藏在地窖里。小伙子每次进城卖掉柴火回来后，总向爷爷讲述城里的见闻。有一天，给爷爷送饭时，告诉了他国王举行“测智”活动的消息。老爷爷眼睛发亮，问明具体内容后对孙子说：“孩子，赶快进宫，报名接受‘测智’。”并告诉了他三个问题的答案。

年轻樵夫一报名，小伙子的勇敢就震动了王宫，测智立刻开始。年轻樵夫先绕铁笼转了几圈，然后对国王说：“铁笼里的这个怪物，虽然很肥大，但它还是一只老鼠。”接着，小伙子提出一个要求：“请给我一把鲜苜蓿。”拿到苜蓿后，他刚走近两匹骒马，就见左边的那一匹嘶叫起来。小伙子便对国王说：“嘶叫的是马驹，旁边的是母马。”然后，走向那一截长木，说：“陛下，请允许我先把这木头投进流经王宫旁边的河里，然后回答问题。”国王允许了。小伙子就请几个人把木头抬起来横着扔进河里。落水的木头并没有横着平行漂流，而是一头的流动明显比另一头快。小伙子立刻指着流动快的那一头说那是木头的上端。

国王把小伙子叫到身边问：“你说铁笼里的是老鼠，有什么根据？”

“我的陛下，请帮我找一只猫。”其左右立刻找来了。小伙子抱起

猫刚走近铁笼，猫突然挣脱小伙子的手，向那比自己大得多的怪物扑去。与此同时，那怪物也惊慌失措，在铁笼里来回逃窜，并发出“吱吱”的叫声。国王心服，问以下问题的答案是怎么来的。小伙子一听，便跪下求饶道：“陛下，您如果答应饶了我的命，我才能说明原因。”

“好吧，饶你一死。回答问题吧。”国王说。

“这些答案都是爷爷告诉我的。请让我爷爷来回答其原因吧。”一听“爷爷”二字，国王便火冒三丈，命令带他爷爷来。小伙子的爷爷很快被带来。国王厉声问：“老家伙，辨认母马与马驹、木材的上端与下端的理由，为什么没有解释给你孙子？”

“尊敬的陛下，我是违反您命令的罪人，请您宽恕。我之所以没有把第二、三题的答案解释给孙子，是希望有机会见到您，并向您证明老人经验、知识丰富。也正因这样，我才有了今天的机会。断定嘶鸣的骒马为马驹的理由是我在长期的放牧生活中发现，小动物和人的孩子一样好冲动，克服食欲的自控能力都比较差。苜蓿又是马爱吃的一种草料。根据这一经验推理，看见苜蓿首先作出反应的自然是小的。第三个问题的答案也与我的生活经历有关，我长期以砍柴为生，接触树木的机会很多。我发现一个长成的树干虽然看起来上下粗细几乎一样，但下端的木纹结构比上端紧密，因而也就比较沉重。落入流水之后，轻的一头首先流动也是自然的事，依此也就不难断定木头的上端和下端。”

国王听了觉得都很有道理，沉思了片刻，便说：“我原以为老人只会消耗食粮，毫无用处，因而曾下令驱逐。通过‘测智’我已认识到那个决定是错的。”并当场宣布驱逐老人的命令作废，还说：“从今日起，老人应当受到社会的尊重，提倡老人把自己的经验知识传授给下一代。”人民雀跃欢呼。从那以后，这个王国又开始复苏兴旺。

讲述：夏木西丁·阿卜杜哈里

采录：亚禾亚·撒迪克　翻译：袁志广　采录地：乌鲁木齐市沙依巴克区

拜凯赛姆罩衫和艾提莱斯衣裙的由来

有的人说有，有的人说无，有的人肚饱，有的人肚饥。从前的从前，在不知名的地方，在远离城市的乡间，有一个名叫贾比鲁拉的巴依，他的土地、园林多得说也说不清，驼马牛羊多得数也数不完。他心毒手辣，诡计多端，对长工既不打，也不骂，但他使用的诡计却比棍棒厉害十分。长工受不了他的压榨，要求结算账目，离开他的时候，他就说：“好啊，我不反对你走，祝你一路平安！不过，我先得知道，你到我家以来，吃的是谁的饭？”

“是你的。”

“很好。穿的是谁的衣？”

"你的。"

"很好,你都承认了。你给我干了活,饭钱我就不要了。但是,衣服却不能让你穿走。请吧,把我的衣服脱下,走你的路吧!"

羞于赤身裸体的长工们出于无奈,只得被永远束缚在巴依的土地上。

惯于无偿使用穷人劳力的巴依还善于施展放长线钓大鱼的伎俩。他常常把无依无靠的弃儿们找来做自己的孩子,等他们长到七八岁就让他们干活。

在巴依收养的弃儿当中,有一个名叫昆扎尔的男孩和一个名叫古丽达尔的女孩。这两个孩子长得非常出众,既聪明,又漂亮。当昆扎尔长到十二岁、古丽达尔长到八岁的时候,他们意识到自己将终身为巴依当牛作马,心情十分沉重。同病相怜的一对孩子,相处得越来越亲密,以至于有一天不见面,夜里就睡不着觉,眼巴巴地盼着天明。

狡猾的巴依看到了孩子们的变化,深知这意味着什么。他唯恐到手的肥肉被别人叼走,于是,把昆扎尔叫了来,说:"孩子,你已经是大小伙子了。但直到今天,你还没出过村子。你看那小鸟儿们,当它们长上了翅膀,也要飞出窝,在天上翱翔。如今,山上的牲畜没有合适的人看,一年年在减少,你就代替我上山去照顾牲口吧!"

昆扎尔相信了巴依的甜言蜜语,告别古丽达尔,上路了。临走之前,巴依给了他一根鞭子,说:"把这鞭子带上。山上既有四条腿的牲口,也有两条腿的牲口。要是喂肥了四条腿的牲口,你就会嘴里流油;要是喂肥了两条腿的牲口,你就会头破血流。你用鞭子抽打两条腿的牲口,四条腿的牲口自己就会走。"

昆扎尔听懂了巴依毒汁四溅的话，一声不吭地骑马上山去了。

昆扎尔刚进山，马蹄刚踩到草场上，就看到了满山遍野的羊群。他看到一位牧羊人身上披着一块羊皮，好似野人。他向牧羊人问道："这羊群是谁的？"

"是贾比鲁拉巴依的。"牧羊人说。

昆扎尔走了半日之后，又看到了满山遍野的马群。他向牧马人问道："这马群是谁的？"

"是贾比鲁巴依的。"牧马人说。

昆扎尔艰难地穿过马群，直走到日落时分，又看到了满山遍野的牛群。他向牧牛人问道："这牛群是谁的？"

"是贾比鲁拉巴依的。"牧牛人回答说。

一个人竟然有这么多牲畜，对昆扎尔来说，简直不能想象。他说："这草原上，有几个贾比鲁拉巴依？"

"只有一个。这世界上，只有一个贪得无厌、残酷狡猾的贾比鲁巴依。"牧人们回答。

昆扎尔一看，牛羊一个个长得膘肥体壮，而牧人们却都一个个瘦得皮包骨头，头发蓬乱，胡须丛生，身上只裹着一张羊皮。

使昆扎尔更为吃惊的是，牧人们半裸着身子，草原上却连一座毡房或草棚都没有。他问牧人们这是什么原因，牧人回答："巴依说了，在天广地阔的草原上，把你们关在房子里有什么好处？牛羊不也都露宿在外么。要是下雨下雪什么的，山上有的是真主为你们创造的洞穴！"

"哼！"昆扎尔心想，残暴的巴依的确把他们快变成两条腿的牲

畜了。

昆扎尔满腔怒火，将鞭子一挥，噼啪之声响彻山冈。他跳下马，卸了鞍，把马放到马群里去。然后，脱下外衣送给牧人们，自己只穿一身内衣，和牧人们一起开始放牧。

现在，让我们离开山冈，回到果园里去。

岁月像河水，匆匆流逝了。转眼之间，古丽达尔长到了十五岁。她出落得美丽动人！夜晚外出，月亮照到她的美容而自惭形秽；早晨到花园里，花儿看到她的风姿而伤心落泪。她在花丛中漫步，蝴蝶离开花草，在她身边飞舞；夜莺从枝头飞下，落在她身上。一旦听到她的笑声，杜鹃鸟也收敛了歌喉。古丽达尔的工作是照看花园。每天，她一到花园里，都会给花园增添无限艳丽。

古丽达尔浑身焕发的光彩像利剑一样刺痛了巴依的心。巴依欲火燎心，不能自持。一天，他看到古丽达尔坐在湖畔的树荫下，便叫道："古丽达尔，哎，古丽达尔！"

"在这儿呢，巴依大叔。"古丽达尔回答。

"你说错了，傻丫头！"巴依的眼睛像利刺一样，盯在古丽达尔的脸上，"我不是你的什么大叔，而是你的大哥。今后你就叫我大哥好了。"

古丽达尔意识到巴依没有安好心，身上直起鸡皮疙瘩，对巴依更加厌恶了。巴依自以为得计，心想，落在自己网里的鱼，用不着着急，时机一到，再消消停停地享用。于是，哈哈大笑着走了。

现在，再让我们回到昆扎尔身边去。

随着岁月的流逝，昆扎尔长成了棒小伙子，嘴边添了两撇小胡子，出脱得体格匀称、身强力壮。他年龄越大，越是想念古丽达尔。看到山间的鲜花，他就想起了古丽达尔如花的美容；闻到野花的清香，他仿佛嗅到了古丽达尔的芳馨；听到鸟儿的叫声，他似乎听到了古丽达尔的笑声。他恨不得变成鸟儿飞到古丽达尔身边去。但是，一想起自己没有衣服穿，只得打消了回村子的念头。

一天，草原上下起了大雨，紧接着下起了冰雹，昆扎尔躲进一个山洞里。筋疲力尽的昆扎尔不一会儿就睡着了，这时一位身穿白罩衣、头戴白色莱的银须老人出现在他的眼前。昆扎尔立即站起来，向老人问安："萨拉姆艾莱昆姆①，大爷！"

"外艾莱昆姆艾萨拉姆②，孩子！"老人向他回了礼。接着，老人对他说："孩子，从你的脸上我看到了你的内心。我看到情火燃烧着你，把你的心儿烤成了烤肉。我有办法治疗你的心病，你听着。你若想看到你的情人，你就到草原上那座最高最险的雪峰上去，那儿有一眼水面被冰雪覆盖的清泉。你把胸怀贴到水面上，冰雪就会消融，泉水就会出现。这时，你心里想什么，就会在清泉中看到什么。但是，有一件要紧的事，你要记住。那清泉是由一位冰身雪发的巨人看守着的，巨人的四周是沉沉迷雾。你若能驱散迷雾，巨人就自然融化了。否则，巨人会让你就地化为石头。我给你身边的鞭子施过了法术。你若有一天遇到了灾难，连挥三遍鞭子，就会实现愿望。祝你平安，孩子！"说着，老人就消失了。

---

① 萨拉姆艾莱昆姆：伊斯兰教徒见面时的问候语，意为"您好"。

② 外艾莱昆姆艾萨拉姆：意为"您也好"。

昆扎尔从梦中惊醒了，一看自己仍然在山洞里，外面继续下着冰雹。他想起了梦中老人讲的话，意识到那老人是为人带来吉祥幸福的黑孜尔。

昆扎尔提着鞭子走出山洞，冰雹打在光身子上又冷又疼。他举起鞭子，连挥三遍，顿时，乌云散了，天气晴了，天边出现了一条彩虹。

牧人们看到彩虹，高声欢呼。每当大雨、冰雹折磨他们的时候，一旦出现彩虹，他们冻得瑟缩发抖的身体将会得到温暖。因此，牧人们把彩虹称作“我们的披巾”。

昆扎尔看到自己的鞭子变成了一件法宝，心里对黑孜尔老人千恩万谢。昆扎尔满怀喜悦地朝那座最高最险的雪峰走去。走了一昼夜，来到了风雪岭。拳头大的冰块从天上纷纷落下，直打得昆扎尔鼻青脸肿。昆扎尔一心要见到古丽达尔，不顾艰难困苦，一直向前走去。又走了一昼夜，来到了风雪岭。这儿狂风怒吼、飞沙走石，直打得昆扎尔头破血流。昆扎尔擦干身上的血水，继续向前走去。又走了一昼夜，来到了冰雪岭。雪岭的四周是悬崖峭壁，悬崖下沟壑深不见底。别说是人，连野兽也很难上山去，稍不留神，就会掉下悬崖，粉身碎骨。昆扎尔把鞭杆子、长刀插进山石缝里，攀缘着，一步步爬了上去。山峰笼罩在迷雾之中。昆扎尔躲在一块岩石后面仔细观察，烟雾弥漫之中，隐隐约约看到远处躺着一个狰狞可怕的巨人。昆扎尔爬到岩石上，举起鞭子一挥，噼啪之声惊醒了巨人。巨人张开山洞似的大口，呼了口长气，一股大风夹着沙石把昆扎尔从岩石上吹了下来。山上是厚厚的积雪，昆扎尔没有受伤。他急忙站起来，躲在岩石背后，又连挥了两遍鞭子，果然，像黑孜尔老人所说的那样，迷雾消散了，巨人大吼一声，闭上山洞似的大嘴，一动不动了。当空高照的太阳把它的光辉投在巨人身上，不多时，这个庞然大物融化为雪水，在人间消失了。

昆扎尔走到巨人躺过的地方，看到一眼被晶莹的薄冰覆盖着的清泉。于是，张开臂膀，把胸怀紧贴在冰面上。他那在情火中燃烧的灼热的身子立即融化了水面上的薄冰，显出了泉水。

且让昆扎尔待在泉边，让我们回到果园旦去。

贾比鲁拉巴依为古丽达尔的风姿美貌而神魂颠倒。他抑制不住自己的魔鬼欲念，把古丽达尔叫来，向她直接了当地讲了心事，要她在三天内做好结婚的准备。古丽达尔听了欲壑难满的巴依的无耻要求，心里难受极了。白天郁郁不乐，晚上暗自落泪，她深深感到昆扎尔不在身旁的孤独。

惯于独断专行的贾比鲁拉巴依，心想自己的婢女定然不会违抗自己的意志。举行婚礼的那天，巴依派仆妇们去给古丽达尔换装。不一会儿，仆妇们把新衣服带了回来，禀告巴依：古丽达尔说了，她宁愿跳水死去，也不愿给巴依当老婆。仆妇还说，古丽达尔已经到湖边去了。

巴依听了，十分恼怒，一个无依无靠的孤女竟然敢违抗他的意志！于是，强压着怒火，向果园里的湖畔走去。果然，古丽达尔坐在湖畔，呜呜咽咽地哭着。

巴依抑制着自己，劝诫古丽达尔："嗨，你这个傻丫头，何苦来呢！你也不看看我养育了你的面子。好了，别胡思乱想了，别自己断送自己的幸福！"

“和我的心上人在一起，才是我的幸福。有谁见过夜莺和乌鸦结成了伴侣？最好你还是打消和我结婚的念头吧。要不，你的婚礼将会变成丧事！”古丽达尔愤怒地说。

巴依奸笑着，对古丽达尔说：“你身上的衣服、裤子是谁给的？”

“是贾比鲁拉巴依给的。”古丽达尔说。

“那好，你头上的围巾、脚上的皮鞋，是谁给的？”

“是贾比鲁拉巴依给的。”古丽达尔明知他的用心，还是如此回答。

“好啊。我的东西怎么能让你带到另一个世界去呢？请把我的衣服脱下来，然后再跳进湖里去！”巴依奸笑着说。

面对巴依无耻透顶的言行，古丽达尔茫然不知所措了。原来，巴依深知古丽达尔十分知耻自尊，想借此恐吓她，使她屈服于自己的意志。不料，就在这个时候，突然出现了奇迹。一大群蝴蝶翩翩飞来，围绕着古丽达尔上下翻飞，好似五彩云朵，遮住了她的身子。对这件事，古丽达尔、贾比鲁拉巴依，以及周围的人，都感到莫名惊诧。接着，又出现了奇迹，白杨枝头的两只杜鹃突然向古丽达尔说：“喂，古丽达尔，把衣裳脱下来扔给巴依！”

古丽达尔当即脱下衣服，扔给巴依。然后，跳进了湖水。这时，湖畔盛开着的鲜花花瓣纷纷落进湖里，水面上仿佛铺满了五彩缤纷的丝绸。古丽达尔的身躯沉在水下，头却和花瓣一起漂在水面上。人面和花瓣交相辉映，简直分不出哪是人面，哪是花瓣！

巴依抱着一堆衣服，和其他人们一起，呆呆地望着湖面。就在这个时候，忽然从天上传来一个声音：“古丽达尔！”接着，下起了毛毛细雨。

如今让我们再回到昆扎尔身边去。

却说昆扎尔用自己火热的胸怀融化了冰面,显出了泉水。他急切地向水面看去。只见水光中映出了果园的影子、园子里的湖面上漂浮的花瓣和古丽达尔的面容,再向湖岸看去,只见贾比鲁拉巴依抱着古丽达尔的衣服,和其他人一起正在发愣。

昆扎尔的心中怒火燃烧。他急于从巴依的魔爪里救出自己的情人,大叫了一声"古丽达尔",提着皮鞭,从冰雪岭上直向草原跑去。

昆扎尔赶到草原的时候,天下着大雨。他朝天挥了三次鞭子,雨停了,云散了,天边出现了彩虹。牧人们看到昆扎尔回来了,立即聚拢在他周围,欢呼起来。昆扎尔向牧人们讲述了巴依的阴谋诡计和无耻暴行,表示要代表牧人们去和他算账。这时,一位老牧人走出来说:"愿真主保佑你万事顺心!但是,你就这么着回村子去,人们看到你赤裸着身子,不知会说些什么。不如你等上几天,让大伙儿给你做件皮衣穿了去。"

昆扎尔想起在湖水中沉浮的古丽达尔,莫说是几天,就是几秒钟也好比一年一样长。然而,老人的话也说得很对。如果照这样子回去,不知古丽达尔会说些什么!

昆扎尔正为此而大伤脑筋,忽然抬头看到了天边的彩虹。刹那间,他心里有了一个主意。他举起鞭子,向彩虹一挥,彩虹挂在鞭梢上,化做一匹绚丽奇目的条花绸。牧人们见了欣喜万分,各自扯了一段衣料。昆扎尔拿了剩下的一段。不一会儿,条花绸都变成了现成的外衣。牧人们有生以来第一次穿上了漂亮的衣服,在草原上举行

了盛会。

且说昆扎尔穿上花丽的条花绸罩衫，骑上牧人们为他鞴好鞍的白马，直朝贾比鲁拉巴依的村子奔驰而去。转瞬之间，进了村子。驱马来到巴依的果园里。他走到湖岸上一看，无耻的巴依正指手画脚地指挥仆人，要他们把古丽达尔从花瓣丛中捞出来。昆扎尔大声吼道："喂，恬不知耻的巴依！你剥了穷人的皮还嫌不够，如今又想掏他们的心吗？"

昆扎尔的怒吼声吓得巴依浑身发抖，舌头发颤。

"……古丽达尔……这孩子真傻！我……我让她换上新衣服去找你，她……她不喜欢这新衣服，跳……跳到水里去了。"巴依结结巴巴地说。

心明眼亮的昆扎尔早已看穿了巴依的诡计，他大声说："你把古丽达尔的衣服放下，给我滚蛋！"

巴依震慑于昆扎尔的威怒，把古丽达尔的衣服装在托盘里，高举过头，送到昆扎尔的手里。然后，带着仆人们灰溜溜地跑了。

昆扎尔跳下马来，拿着托盘里的衣服来到湖边，向花瓣覆盖的湖面看去，只听湖里传来叫"昆扎尔大哥"的声音。昆扎尔仔细看去，看到花瓣中出现了古丽达尔明月般的面庞。他叫道："古丽达尔，快从水里出来，穿上这衣服，跟我一起走！"

古丽达尔却说："不，我与其穿贾比鲁拉巴依的衣服，还不如在水中淹死。"

昆扎尔对古丽达尔的自尊甚表敬佩，正在不知如何是好之际，忽听树上的小鸟说："古丽达尔，快从水中出来，花瓣会成为你的衣裙。"

听了鸟儿的话，古丽达尔非常高兴，于是，向湖边走来。果然，花瓣都粘在她身上，和她一起从水里出来了。

昆扎尔向古丽达尔看了一眼，只见她身上五彩缤纷的花瓣化做了绚丽夺目的艾提莱丝绸。蝴蝶们也飞了来，用自己的翅膀织成艳丽的花手帕，送到了古丽达尔的手里。古丽达尔为了表达自己的心意，把花手帕系在昆扎尔的手臂上。

昆扎尔把贾比鲁拉给古丽达尔的衣服扔进了湖里，湖面上泛起一层肮脏的水藻。

昆扎尔和古丽达尔同骑一匹马，到果园的绿荫深处去了。一对情人实现了愿望，生活在果园里。贾比鲁拉巴依没达到目的，在懊恼痛苦中结束了一生。

自那时起，拜凯赛姆罩衫和艾提莱斯衣裙成了乌孜别克族男女青年借以自豪的传统服装。

讲述：阿吉尼沙·塔什甫拉提

采录：泰莱提·纳斯尔　**翻译**：刘奉仉　**采录地**：伊宁市乌孜别克街

抓饭的由来

很久以前，有一个贪吃的国王。他每天三顿除了吃手抓肉和那仁[1]外，别的饭都不吃。在他看来，吃别的饭容易消耗，不经饱。因吃而发福的国王，都到了御座坐不进、行走摆不动手、躺着时看不到双脚的地步，即使是这样，他也还是天天三顿那仁，照吃不误。在他看来，作为国王，越是福态，才越和王位相称。

国王的王位继承人是他的独子，国王非常宠爱他。由于国王最大的乐趣是吃饭，为了让王子也和自己一样快乐，吃每一顿饭时他都强迫儿子跟自己一起进餐。好像跟他存心过不去一样，王子的食欲却日益不振，身体渐渐消瘦起来，甚至到了不能进食的地步。看到这种情况，国王非常伤脑筋，就向城里派出了传旨人。

传旨人说："哎，臣民们！大家听着，我们国王的继承人——尊敬的王子，如今瘦的到了不能吃饭的程度，有谁要是能让王子有食欲，能让他很快胖起来，金库的一半将属于他。若治不好病，将格杀勿论。"

---

① 那仁：在炖好的羊肉上放面片、菜等焖成的饭食。

那些对国王金库的一半感兴趣的众多郎中，虽然用了各种药来治疗王子，但还是没有能让他胖起来的，都遭到了砍头之灾。

在这个城市里，有个叫克里木的名厨师。他因能按照客人的要求做饭而出名，有的人说，他的清炖羊肉汤做得很好；有的人则说，他的稀饭做得非常地道；也有的人说，他做的薄皮包子没有人能超过；还有的人夸道，他做的那仁的味道四十年后还回味无穷。总之，凡吃过他亲手做的饭的人没有不赞誉他的。克里木厨师通过王宫的厨师，对王子的情况有所耳闻。因此，他打算使王子恢复食欲，就直奔王宫而去。

“啊，国王陛下，”经获准进宫的克里木厨师说道，“请您宽恕您忠实的奴仆提出无礼请求。”

“说吧！我宽恕你。”国王说。

“鄙人是多年来在您的福荫下生活的行家里手。如果您允许我想把王子带回家里，做些使他喜欢的饭，让他吃吃看。”克里木厨师说道。

“大胆！”对一个小小百姓竟敢毫无顾忌地要把王子带回家而恼怒的国王说道，“有谁听说过一个做饭的还能冶病？”

克里木说：“我的国王，请您相信我的话，王子其实没有病，他只不过是食欲不好。您把王子交给我，给我三个月的期限，如果我所做的没有超出您的预想，我的脑袋就交给您了。”

对郎中失去信心的国王，想试试厨师，便说：“那好吧！且照你说的办，但是你得记住，如果你不能使王子有食欲，那我就要你家小和亲戚的脑袋。”

克里木厨师以三个月为期限将王子带回了家。由于王子本来就没有他父王那样的食欲,加上老是吃那仁,对油和肉都腻烦了。他的鼻子只要一闻到手抓肉和那仁的味儿就感到恶心,就什么都吃不下去。经过研究,克里木厨师决定对王子不要说是肉和油了,就连面食也不让他挨边儿,给他吃了一个月的胡萝卜。由于王子天天吃的是胡萝卜,就想吃面食了。于是,王子就向厨师提出了有馕吃也行的要求。

"请你忍着点儿,"克里木厨师说道,"还没到时候呢。"王子没办法,就继续吃胡萝卜。

当克里木厨师看到王子逐渐有了食欲后,就用米做成稀饭,再加上胡萝卜,让王子吃。王子便胃口大开地吃起了稀饭,身体也渐渐地恢复了。

"好了,你现在可以正式开始吃饭了。"于是,克里木厨师先在锅里美美地用羊油过了一下油,然后放进一块肉,到肉炒得焦黄后,又放进去一些切好的洋葱,再放些盐,最后又放进了一些切成丝的胡萝卜,等到胡萝卜炒得差不多了,把油吸进去了,就从锅里舀出来,端到王子面前。王子就把这菜和着稀饭舒舒服服地吃了一顿。期间,又过了几天,王子对克里木厨师说:"你做的这个饭虽然好吃,但是不经吃,吃不饱。所以,能不能把稀饭做得稠一点?"克里木厨师看到王子的脸色红扑扑的,已真正进入有食欲状态,就考虑给他做稠一点的饭吃。

克里木厨师只有一口锅,炒了菜,另外再焖好米饭,要花费好多时间,再说,焖好了米饭,菜又凉了。这样,王子就吃不上热饭了,为

此，克里木厨师把胡萝卜炒熟后，就倒进比平时多的水，再把洗干净的大米放进锅里焖上。不久，锅里就散发出香喷喷的味儿。这味儿使从没有踏进过厨房门槛的王子，不由自主地从客房里出来，跑进了厨房，对站在锅边的克里木厨师喊道："饭！饭！饭！"克里木厨师一揭锅盖，那如同珍珠一样闪着亮光的香喷喷的饭太诱人了。克里木厨师把饭盛到盘子里，端到王子面前。已饿坏的王子用木勺心急地吃起来，把嘴都烫了。为此而担心的克里木厨师对王子说："今后吃饭要用手吃，如果不烫手，就不会烫嘴。"王子按厨师说的做，饭量也比来时增加了一倍多。

第三个月结束时，王子的双颊变得像石榴一样红，身体也胖了起来，且不像他父亲那样虚胖，而是肌肉结实，身体充满了力量。

国王看到儿子这种情况非常高兴，就把金库的一半给了克里木厨师，并把他留在王宫当了厨师。

国王询问克里木厨师是用什么饭让儿子胖起的，克里木厨师答道："用抓饭。"

国王举行了盛大的仪式，将王位传给了儿子，并用克里木厨师做的抓饭款待了市民。

从那以后，抓饭就成了乌孜别克族人民在各种庆典仪式上或接待尊贵客人的上等饭。

讲述：阿吉尼沙·塔什甫拉提

采录：泰来提·纳斯尔　翻译：马和苏德　采录地：伊宁市乌孜别克街

狐狸和大雁

大雁和狐狸交了朋友，同住在一起。后来大雁生了孩子，像爱护眼珠一样地抚育小雁；狐狸却向小雁瞪圆眼睛，心里暗暗盘算："吃这些小家伙的肉多美气！"

有一天，大雁和狐狸出去寻找食物，大雁向远处的草湖飞去，狐狸却转回来，把大雁的最胖的一个孩子抓住吃掉了。

一会儿，大雁回来，看见狐狸两眼泪汪汪地说："唉！糟啦，我回来时，你的一个孩子不见了……"

大雁一听，伤心极了，从晚上一直哭到天亮。天亮后，它们又一同去寻找食物。晚上回来，一个小雁又不见了。

狐狸假惺惺地说："一定是叫青蛙吃了！我刚才还见到青蛙在这里打转呢。"

第二天一早，大雁就飞去找青蛙报仇，把草湖搅了个乱七八糟，把青蛙追得到处逃窜。大雁回到家，连最后一个小雁也不见了，心里就明白了。它问狐狸："这是怎么一回事？"

狐狸说："你的家起了火。"

大雁听了，心里恨得直痒痒，狐狸却在一旁睡大觉，心里盘算着怎样吃大雁。大雁向它说："老朋友，这个地方我们活不成啦，我们搬家吧，草湖那边吃的东西可多呢。"

狐狸说："我没翅膀，怎么过草湖呢？"

大雁说："我背你过去。"

狐狸同意了。大雁把狐狸驮在背上，飞向天空。

大雁问："你能看见地面吗？"

"看得见，像拳头一样大。"

大雁飞得更高了，又问："现在呢？"

"和一个铜钱一样大。"

"好了！"大雁说着，就把狐狸从万丈高空摔了下来。

狐狸落在地上，摔成了肉饼。

讲述：阿吉尼沙·塔什甫拉提

采录：泰莱提·纳斯尔　**翻译：**刘奉仉　**采录地：**伊宁市乌孜别克街

狼吃肉

有三只狼，肚子饿得发慌，走出洞口到树林里去寻找食物。忽然发现在一棵树的树杈上挂着一块肉，三只狼都想自己独吞，于是互相看了看便说：咱们先睡觉吧，睡醒后，咱们再吃肉。

三只狼都假装睡觉了。过了一会儿，第一只狼悄悄地起来，刚想跳过去叼肉，那两只狼就翻了个身，第一只狼急忙躺下。又过了一会儿，第二只狼看看那两只狼都睡得打鼾了，就跳起来想去叼肉，可是另外两只狼又翻了个身，第二只狼也只好躺下了。第三只狼也偷偷地去叼肉，同样也没有吃成。

三只狼都饿得肚子咕咕叫，又都吃不上肉。于是第一只狼想了个主意，它叫醒那两只狼说："算了，这块肉已经臭了，我已经闻到了臭味。咱们走吧，到别处去找吃的。"那两只狼想了想说："对对，这块肉是臭了，咱们到别处去吧。"

三只狼都心怀鬼胎，一步三回头地看着树上挂的那块肉，慢慢地走了。路上，三只狼都想单独溜回来，吃掉那块肉。可是谁也不让谁单独走，互相监视着，谁也脱不开身。结果呢，三只狼谁也没吃到那块肉，那块肉真的臭得不能吃了。

讲述：阿吉尼沙·塔什甫拉提

采录：泰莱提·纳斯尔　翻译：刘奉侃　采录地：伊宁市乌孜别克街

金翅膀的夜莺

古时候，草原上出现了一个贪婪而残暴的国王。他拼命掠夺人们的财产，残酷地统治着百姓。没过几年，他搜刮来的金银财宝已经多得无处存放了。一天，国王为了满足穷奢极侈的腐朽生活，把全国的匠人召集到一起，命令说："我要你们用我宫中的财宝制作一棵高大的梧桐树。树干用紫色的宝石，树枝用蓝色的宝石，树叶用绿色的翡翠，树上的果实则用红玛瑙制成。这棵宝树要做得高大壮丽，翡翠绿叶要把阳光严严实实地遮住，树荫里能放下我睡觉的龙床！"

工匠们听了国王的命令，无不摇头叹息，惶恐不安。工匠们没日没夜地苦干了七年，终于造成了一棵光彩夺目的宝树。于是国王命人把自己的龙床移到树下，他开始在这棵用宝石做成的梧桐树下安歇。

一天，当太阳从东方升起来时，国王发现自己床上有一小片明亮的阳光。他顺着光线望去，只见用翡翠制的树叶上有一个小洞，阳光就是从那个洞里射过来的。于是他发怒了，立即召集起宫廷的卫士，对他们大发雷霆："小偷竟敢把我宝树上的翡翠绿叶偷走，这太放肆了！谁若能抓住这个坏蛋，他将得到我大量的金银。如果抓不到，我就把整个城池付之一炬，把所有的百姓一个不留，全部烧死！"

这时，从右边走出一名大臣，对国王说道："请陛下选派四十名卫士，夜间让他们在宝树周围巡逻、守卫，他们一定能抓住小偷。"

国王同意了大臣的意见，选派了四十名精明强悍的卫士夜间在宝树周围巡逻。但是，到半夜时，卫士们都困倦不堪，倒在地上睡着了。第二天上午国王起床以后，见翡翠树叶中间的小洞比昨天还大，足有铜钱那么大。国王气得简直要发疯，他大声呼唤卫士，决定把守卫宝树的四十个人处死。这时，又一名大臣出来劝解道："尊敬的陛下，如果每天都杀掉四十个人，过不了多久，全城的人都会被杀光的。您还是先把他们关押起来，另外选派别人守护宝树吧。"

国王采纳了大臣的意见，把四十个人关押起来。

国王有三个王子。这时大王子走到父亲面前，请求道："父王，今天夜间请允许我守卫宝树，我一定能把小偷捉住带到您面前。"

国王同意了王子的请求。王子为了能抓住小偷，爬到树上躲藏起来。但是，到半夜时，他也昏昏沉沉地睡过去了。第二天早晨，国王起床以后，发现树上的洞已经大得如小碗口似的了。他立刻宣布把儿子关押起来。

乌孜别克族少女　　林贵福　作

“尊贵的父王，今天夜里请让我去守卫宝树。如果我抓不到小偷，情愿和哥哥一起受惩罚。”二王子也向国王提出了请求。

国王答应了二王子的请求，派他去守卫宝树。然而，他也和哥哥一样夜间睡着了。第二天，国王起床后看到翡翠树叶上的洞大得像盘子一样了。他气得浑身发抖，双目圆睁，大声命令卫士说：“快快把他关押起来！”

这时三王子来到国王面前，也请求道：“父王，请允许我身带弓箭，今天夜间去守卫宝树，我一定要把小偷射下来，送到您面前。”

国王也答应了三王子的请求。三王子带着弓箭，在太阳落山后来到宝树周围。他把箭搭在弓上，一手握着弓，一手拉着箭，不停地在宝树左右巡逻，准备随时射击小偷。半夜过后，他开始感到困倦。于是他拔出身上带的小刀，在自己手指上轻轻一划，割开一个小口，并把准备好的盐末撒在伤口上。由于伤口剧痛，王子的睡意早已被赶到九霄云外去了。王子又精神抖擞地在宝树周围巡逻。正当黎明快要到来之际，突然一只鸟落到了宝树上。它的嘴像宝石，双脚像玛瑙，而且还长着一双闪闪发光的金翅膀。王子见到此鸟，知道这是传说中的神鸟——金翅膀的夜莺。他看着神鸟，怎能忍心放箭呢？正当他犹豫不决时，手指一滑，箭头飞出去了。因为王子并非故意放箭，没有射中鸟儿的要害，只是将它金翅膀上的羽毛射掉了一根，金翅膀的夜莺双翅一振，飞得无影无踪了。王子拉弓放箭时惊醒了国王，他便右手握着弓箭，左手拿着金子的羽毛来到国王面前，说道：“父王，宝树的翡翠树叶为什么总是丢失，今天我才知道了。它不是被小偷拿走的，而是被一只金翅膀的夜莺吃掉了。但是我没能把它

射下来，只射掉了它的一根金羽毛。"

说着，王子把羽毛交给国王。国王一看闪闪发光的金羽毛，便知道这是一件无价之宝，心里非常高兴，便命令卫士把关押的四十个守卫人员和两个王子放了出来。随即召集群臣，又发布了一道命令："如果谁能把这只金翅膀的夜莺捉来，我就把自己的江山分一半给他，让他可以另建汗国，筑城为王。如果捉不来，那我就要将全城烧为灰烬！"

大王子和二王子听说国王要把江山分一半给捉住夜莺的人，为了得到半壁江山，来到国王面前说道："尊敬的父王，请让我们两人去捉这只鸟吧？"

国王答应了两位王子的请求，允许他们云捉夜莺。三天过后，国王的小王子心里开始不安起来。他越想越感到自己有责任拯救全城的百姓，即使用自己的生命换来神鸟，解救全城的百姓也在所不惜。于是他来到国王面前请求道："父王，请您也派我去寻找神鸟吧？我一定能把它捉到您面前。但我请求您，在我回来以前，不要因失望而对百姓采取严厉的措施。"

国王答应了王子的请求。三王子准备好一切，离开王宫上路了。他不顾疲劳，星夜赶路，没走几天便追上了两位哥哥。三人结伴朝前赶路。走过了多少路，爬过了几座山，跨过了几条河，谁也数不清。一天，兄弟三人来到三岔路口，每条路口都竖着一块碑。一块石碑上写着："此路可使你返回家乡。"另一块石碑上写着："此路可使你获得财宝。"第三块石碑上写着："此路虽然艰险，却能使你经受考验。"三人商量商量，决定在此分手，分头去寻找神鸟。大哥挑选了第一条

路，二哥挑选了第二条路，老三兴高采烈地踏上了第三条路。大王子走呀走呀，来到了一座大城堡里。他住进了最高级的旅店，吃着最好的宴席，每天尽情地玩耍，很快就把所带的金银全部花光。没办法，只好在一个饭馆里当杂工维持生活。二王子不知走了多少天，最后也来到一个城堡里。这里赌博成风，二王子整天整夜不离赌场，没多久就将自己所带的金银输得干干净净。为了糊口，他也在一家旅店当了佣人。

再说三王子。他告别两位兄长后，日夜兼程朝前走去。每到一处，他都要询问神鸟的下落。他穿过森林，越过荒原，走得腰酸腿痛。一天，他来到一座高山脚下，准备坐在一条溪水旁一边休息、一边吃些干粮。他向四周山坡上望去，发现这里到处长满了梧桐树，连他身边的溪水两岸也都是高大的梧桐树。他坐下解开干粮袋，拿出最后一块奶疙瘩，正要往嘴里放时，只见远处密林中扬出一阵尘土。仔细一看，一只巨大的猿猴正朝自己跑来。王子不由得吓了一跳，急忙放下奶疙瘩爬到树上。猿猴来到树下，吃掉奶疙瘩，抬头向树上望去，并不停地向树上招手，像人一样说话了："请你下来。"

王子见猿猴吃掉奶疙瘩，又叫自己下树，心里害怕地想道："一块奶疙瘩它哪能饱肚，准是也要把我吃掉。"越想越恐惧，又往树顶上爬。

猿猴也爬到一个较矮的树杆上，向王子说："喂，快下来！你知道这是什么地方吗？飞鸟到这里要烧掉翅膀，人若到这里要烧烂双脚。你为什么来到这个地方？"

王子听了猿猴的话，赶紧从树上下来，走到猿猴面前，把寻找神

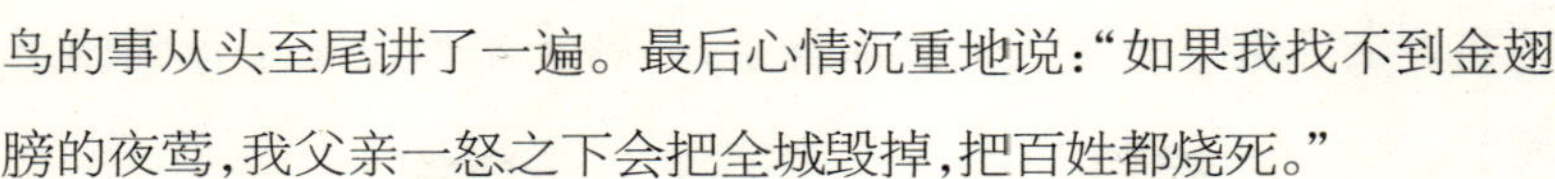

鸟的事从头至尾讲了一遍。最后心情沉重地说:“如果我找不到金翅膀的夜莺,我父亲一怒之下会把全城毁掉,把百姓都烧死。”

“俗话说:吃人一顿饭,为人祝福四十天。”猿猴说,“你那块奶疙瘩我不应该吃!现在我吃了,就应该报答你。上马走吧,如果我们走运,就能捉住神鸟,拯救你们的城堡和百姓。”

王子跟猿猴同骑一匹马上路了。他们来到一座大花园外,花园四周有高高的围墙。

猿猴对王子说道:“我从地下挖一条暗道通到花园,你在外边等我五天,不要到任何地方去。”说完,猿猴去挖暗道。

刚刚到第五天,猿猴回来了,对三王子说:“我已把洞挖到金翅膀夜莺笼子旁边了,你顺着这条地道一直走到头,仔细观察一下周围的动静,在守卫人员睡着以前不要动手。等他们全睡了,你就连笼子一起拿到这里来,但要记住一件事,在路上你千万不要揭开笼子上的罩布!”

王子沿着地道走了一会儿,来到出口旁边停下了。

守卫神鸟的有十名卫士。因为这只神鸟是这个国王的国鸟,所以守卫特别森严,平时不准任何人靠近鸟笼。但是,神鸟若想飞出去,只要轻轻地鸣叫几声,卫士们便打开笼子让它飞出,任其在空中自由翱翔。它可以随便飞向任何地方,然后又飞回笼子。没过多久,卫士们个个都呼呼地睡去了。王子轻手轻脚地钻出地面,拿到了鸟笼。王子急着想辨认一下这只鸟,便忘掉了猿猴的告诫,用手去揭鸟笼子上的罩布。他刚揭开第一层罩布,就听到神鸟发出清脆、响亮的叫声。王子听到鸟叫,惊得不知所措,一下把笼子

掉在地上。这时十名卫士被惊醒了，一齐上来抓住王子带到国王面前。

“快把这个小偷的双手给我砍掉！”国王大声命令卫士们。

这时，只见右边站立的一位大臣走上前来，对国王说道：“请陛下息怒。先不要砍掉他的双手，让我问问他为什么要偷走我们的神鸟，然后再惩罚他。”

王子把自己千里迢迢寻找神鸟的事从头到尾诉说了一遍。听完王子的话，那位大臣又向国王提议道：“尊敬的陛下，如果我们惩罚这样一位关心百姓苦难的英雄，我们会受到民众的谴责，说我们是非不分、奸雄不辨。鄙臣意见不如交给他一项艰苦的差使，如果他能顺利完成，我们就把神鸟交给他！如果完不成，我们再做计议。”

国王同意了大臣的意见。想了一会儿说道：“小伙子，你从这里向东走，快马加鞭走九个月，就能到达一座城堡。那里的国王有一位美丽的公主。这位公主每天睡在用金子制成的箱子里。如果你把这位公主带到我面前，我就把金翅膀的夜莺给你。”

王子答应了国王的条件，回到猿猴身边，把刚才发生的一切都告诉了它。猿猴听了，并没责备他，同意和他一起去遥远的城堡。于是，他们又同骑着一匹马上路了。

马不停蹄，披星戴月走了九个月，他们终于来到那座城堡郊外。猿猴又开始在地下挖起洞来。它日夜不停整整挖了九天，一直挖到通向公主居住的宫殿里。然后回到王子身边，说：“我把洞已经挖到了公主的住处，她的确是一位如花似月的姑娘，但她周围有四十名女卫士看护着。你到达以后，等到公主进箱子休息时，再走出地道。那时四十名女卫士也要躲到一旁休息。你走近箱子时，注意察看一下公主的眼睛是睁着还是闭着。如果睁着，你就将她抱起来钻入地道；如果是闭着的，你千万不要惊动她！”

王子听完猿猴的话，进入地道直奔公主的住处。他上了四十个台阶，到达洞口。走出洞来向里面偷偷看去，见四十个女卫士都在金箱子旁边睡着了，箱子的盖子已盖好。王子悄悄地走到箱子跟前，慢慢打开箱盖，低头向下一看，惊得王子目瞪口呆：公主的头发闪着黑油油的亮光，脸上好似擦着一层淡红的香粉，像成熟的红苹果，细长的黑眉毛下有一双微闭着的眼睛。王子还从来没见过这样美丽的姑娘，他越看心里越喜欢。这时猿猴的告诫又被他忘得干干净净。他低下头刚要去抱起姑娘，突然姑娘睁开双眼大声喊道：“你是什么人？为何闯入我的住房？”

王子还没来得及回答，已被四十个女卫士紧紧抓住，将他的双手捆绑起来送到国王面前。

“你们迟疑什么？快推出去杀掉！”国三大怒，命令卫士惩罚王子。

这时一位大臣出面说情：“贤明的国王，如果这样杀掉他，我们会留下耻辱的名声，百姓们也会耻笑我们的。二脆派他去完成一件艰苦的差使，说不定他在半路上会无声无息地死去。”

国王点了点头，沉思了一下，对王子说：“小伙子，我听说距这里有三个月路程的地方，有一个名叫康里孜木的大海，海中有一个名叫阿里玛河的岛屿，岛上住着一位名叫乌尔扎克的巫师。他有一匹能在天空飞翔的宝马，此马转眼之间能飞行千里。如果你能把这匹宝

马给我弄来，我就把姑娘嫁给你。”

王子回到猿猴身边，又是难过，又是羞愧，不觉失声痛哭起来。猿猴不仅没有责备他，而且安慰他：“王子，请不要难过，如果我们的运气好，我能帮助你把宝马弄来。”

他们骑马越过险峻的山崖，走过干旱的沙漠，终于来到了大海岸边。王子见到无边无际的大海心里犯愁起来。他有些失望地问猿猴：“我们不会游泳，也不会飞翔，怎么能跨过大海呀？”

猿猴开导他：“你应该无所畏惧，遇事只要想办法，肯努力，没有做不到的。你不要灰心丧气！”说完，猿猴又在海底挖起地道来。它连续挖了四十个昼夜，挖通地道，对王子叮咛了几句，就返回去了。

王子牢记猿猴的话，从地道里越过大海，直奔岛上巫师的马厩。他从洞顶推开一层薄土，突然把头伸出来。宝马见到陌生人，两耳竖直，嘶叫起来，叫声惊动了巫师，他急忙下床来到宝马身边，见宝马安全地在厩里吃草料，并没发生任何事情，便怒骂道：“你这畜生，为什么无缘无故嘶叫！”说着，用皮鞭狠狠地抽打了宝马一顿。巫师走后不久，王子又把头伸出来，又引起一阵马叫。巫师赶来见无事，又抽打了宝马一顿。

等巫师走开后，王子钻出地洞，走到宝马身边，将装有葡萄干的马料袋套在宝马的头上，抚摸着马鬃同情地说：“亲爱的朋友，你在巫师手下受折磨，我带你离开这儿吧！”说着，跨上马背，双手抱住马脖子，紧闭双目，用力将马一夹。只见宝马鬃毛直竖，两肋间迅速长出两只翅膀。然后双翅一振，像飞鸟一样冲向天空。宝马腾空时带起的风声惊动了巫师，他走出房子，只见宝马驮着一个人在天空飞翔。

“哪里来的亡命徒！快给我停下！”巫师一边大喊，一边施展魔法，也飞上天空追赶宝马。宝马飞向大海上空，巫师跟踪追去。快追上时，巫师伸出手去抓马尾。只听一声惨叫，被宝马踢中脑门，掉进大海淹死了。宝马驮着王子在空中继续飞行，三天走完了三个月的路程，来到公主的宫殿门外。王子下马一看，见猿猴早在那里等候哩。猿猴走过来问王子：“现在我们怎么办？”

“把宝马交给国王，我们带走公主。”王子说。

猿猴说：“宝马不能随便给人，它应该有自己真正的主人。你就牵我去交给国王吧！”

说着，猿猴摇身一变，一匹高大的骏马出现在王子面前，它比那匹宝马还高大、俊美得多。于是王子把宝马寄放在一户人家里，嘱咐他好好代为饲养，自己牵着猿猴变的骏马来国王面前，说：“陛下，日飞千里的骏马找到了，实现您的诺言吧！”

国王见骏马身上长着能飞的翅膀，不好食言，就把公主嫁给了王子，并为他们准备了车辆和马匹，打发上路了。

王子带着公主经过长途跋涉来到神鸟的国家。当王子来到王宫墙外时，只见猿猴正在那里等待自己。

“我们如何安排？”猿猴问王子。

“把姑娘交给国王，换他的金翅膀神鸟。”王子不假思索地回答。

“你真是个天真的孩子！把这样美丽的姑娘送给一个老汉，我们怎能忍心呢？她应该得到真正的爱情。这样吧，你把我们两个一起带到国王面前，由他去选择一个。”说完，猿猴变成一位貌似天仙的姑娘。王子将两位姑娘分别装在两个箱子里，抬到国王面前说：“陛下，

我临行时，您让我带回一位公主来，而现在我带回了两位公主，请您从她们中选择一位吧！”说着，王子打开两个箱盖，两位美丽的姑娘从箱子里走了出来。国王对猿猴变的姑娘一见倾心，于是将她留在身边，将金翅膀的夜莺交给了王子。

王子离开王宫，跟公主来到寄放宝马的地方，两人同骑在一匹马上，将神鸟的笼子挂在马鞍子旁，向大路走去。正在朝前赶路时，发现猿猴坐在路旁吃桃子。猿猴见王子走来，站起来迎上前去，说道：“我俩相处了这么长时间，现在就要分别了。请到我家去住几天，然后再回家，如何？”

王子满口答应了猿猴的要求，跟着猿猴朝山上走去。当他们走进一座深深的峡谷时，眼前突然出现了一座金碧辉煌的宫殿。宫殿的大门镶金嵌玉，闪闪发光。他们跨进大门，首先出现在眼前的是一个鲜花盛开的花园。园中有牡丹、石榴、金菊，池塘里还有刚出水的荷花。树上百鸟齐鸣，院中香气四溢。再往前走，听到乐鸣奏，歌声四起。王子走在这里，好似进入仙境一般。他正在思索之际，转眼之间猿猴已变成一位无比美丽的仙女，微笑着站在自己面前。

“您是……”王子惊得目瞪口呆，不知说什么好。

“我是此处的仙女，特意下凡帮助你获得神马和美丽的公主，让你回家乡去解救全城百姓。现在你大功告成，在我这里暂住几天，便可下山赶路。”仙女把自己的来历告诉了王子。王子听了以后，便和公主一起在这里游玩了几天。临分手时，仙女拔下自己一根头发交给王子，并嘱咐：“今后你遇到什么为难之事，只要把这根头发点燃，我会马上出现在你面前。”

王子牢记仙女的话，千恩万谢下山去了。他们在路上日行夜宿，来到和两个哥哥分手的三岔路口时，恰好碰上了两个哥哥，于是大家一起朝回家的路上走去。

两个哥哥见三王子找到了神鸟，并带来了如此美丽的公主，心里非常嫉妒。一天夜里，他们商量了一阵，准备害死三弟。第二天，来到一条大河岸边，两个哥哥要求在这里过夜。大家立刻卸下马驮，动手搭帐篷，开始忙碌起来。他们的阴谋被公主暗中听到了，她把王子叫到一边，偷偷地对他说："你的两个哥哥想害死你，今天夜里准备把你用毯子裹起来扔进大河去。请你特别小心。"

漆黑的夜里，王子在帐篷里没躺多久便起来，提来泥土倒在毯子上，弄成人的形状，上面盖上自己的衣服，自己则躲到野外草地里睡觉去了。黎明前，两个王子来到三王子的帐篷里，摸着黑把三王子睡觉的毯子四角扎起来，抬到河边，丢进滚滚的河水，然后两人若无其事地又回自己帐篷睡觉了。

第二天，两个王子一起床，只见小王子正在河边洗脸，不觉大吃一惊。他们发现三弟并没做声，认为他没有发现他们的阴谋活动，心里稍微镇静了一些。他俩见一计未成，又想出一条毒计。他们把三王子诱骗到埋有利剑的沙滩上，让他躺在沙中晒太阳，结果他的双脚被利剑割断，昏倒在沙滩上。两个哥哥见阴谋得逞，急急忙忙收拾东西，带上公主、神鸟和宝马直奔王宫而去。国王见两个王子不仅带来了神鸟，还带来了美丽的公主和宝马，心里非常高兴，决定把神鸟留在身边，把姑娘送给了大王子，把宝马赏给了二王子。国王将神鸟挂在宝石做的梧桐树下。

但是，奇怪的事发生了，神鸟整天把头埋在翅膀底下，一声也不鸣叫；宝马不让任何人靠近，谁若去靠近，它就嘴咬脚踢；姑娘整天躺在金箱子里睡觉，谁也叫不醒她。

再说小王子，他在沙漠里整整躺了三天三夜，第四天渐渐苏醒过来。他做的第一件事，就是用石头打出火星，将仙女赠的头发点燃。转眼间，只见空中飘下一行人来。仙女坐着一辆黄色的宝车，由女卫士们簇拥出现在王子面前。她见王子的伤势非常严重，急忙命令女卫士将王子抬入自己的宝车，说："请你们迅速将他送到我父亲那里去，让他按照我们的习惯，将王子放入生命的泉水中，给他治疗双脚。四十天后，你们再将他带到我这里来。"

卫士们推着王子坐的宝车，转眼间飞向天空，把王子交到仙翁手中，请仙翁为王子治伤。四十天以后，王子伤口痊愈，又回到仙女身边。

仙女对王子说："如今你的伤已治好，我要把你送回王宫。但你不能这样回去，要脱掉华贵的王子服装，换上一身算命人的衣服。"

王子在仙女的宫殿里住了三个月，留长了头发，养长了指甲，最后化装成一个算命的巫师，和仙女一起飞向王宫。两人降落在王宫的院里后，仙女领着王子朝宫殿走去。

这时，国王在殿堂里正与众大臣议事。只听国王说："几个月以来金翅膀的夜莺一声也没有叫过，整天在笼子里垂头丧气地待着；宝马性情暴躁，不让任何人接近它；而美丽的公主，每天除了躺着就是睡觉，不吃不喝，真令人心烦。"正在这时，国王见门外有一个算命的年轻人，于是招呼道："算命的，请过来，到殿上来！"

王子进到殿里，见大王子和二王子还像以前一样，坐在父王的两侧，没有任何变化。就在算命人刚一停步的瞬间，奇迹发生了，金翅膀的神鸟清脆的叫声传到了人们的耳边；马厩里的宝马也放声嘶叫起来；公主也走出金箱子，面带笑容，在女卫士中间翩翩起舞。

国王见此情景，心中十分满意。他转过身去，非常得意地对大臣们说："你们看，算命人一来，这里的一切都变了，他给我们带来了福气。你们赶快到金库里多拿些金银，赏赐给这个算命人。"大臣们听了国王的话，赶紧来到金库房，用大盘子满满地装了一盘金银送给算命人。但是，算命人并没有去接金银，而是十分严肃地说："我并不是算命人。我是什么人，有什么经历，请你们问问金翅膀的夜莺吧！它会把一切都详详细细地告诉你们的。"

国王听了此话，感到非常惊奇，忙问道："你在什么地方见过鸟儿能够讲话？"

"您先不用发问，还是让神鸟说说事情的经过吧。"王子回答。

"亲爱的神鸟，你在我这里已经待了几个月了，但没有鸣叫一声，如今这个算命人一来，你就欢快地鸣叫了，这是为什么？"国王问神鸟。

金翅膀的夜莺口吐人言，把王子不顾个人安危，跋山涉水寻找自己的经过以及被两个哥哥谋害的情况，从头到尾详详细细地说了一遍。国王听了神鸟的话，又是吃惊，又是羞愧。两个哥哥知道自己的阴谋已被揭穿，感到无地自容，偷偷溜出宫殿，不知逃向了何方。

王子为解救全城百姓，冒着生命危险，历尽艰辛，到处去寻找金翅膀夜莺的事迹传遍了全城。百姓集合起来，一齐来到王宫前，请求面见国王，和他争论是非。国王听说全城百姓都怒气冲冲地等在王宫前，以为百姓们要惩罚他，急忙换了衣服从王宫的后门逃跑了。百姓们拥戴王子继承了王位。王子为了感谢百姓，大摆酒宴招待他们，并在盛大的庆祝活动中与美丽的公主举行了隆重的婚礼。婚礼在仙女的主持下举行了四十天。最后一天，仙女告别了王子回仙山去了。

王子登上王位以后，秉公执法，重用贤士，受到人们的拥护。不过几年工夫，王子将本国治理成民富国强、百姓安居乐业的汗国，在草原上迅速强大昌盛起来。

讲述：阿吉尼沙·塔西甫拉提

采录：泰来提·纳斯尔 **翻译**：马和苏德 **采录地**：伊宁市乌孜别克街

金发少年

多年以前，有一个园丁因膝下无子，每每悲叹自己命运不佳。

园丁居住的地方有一座大山，山里住着一个女妖。女妖长得很凶恶，头很大，就像一座黑色的房子，嘴就像房子的门一般。女妖由四十个魔鬼服侍着。她吃得很多，中午吃一峰骆驼，晚上吃七只羊。女妖最喜爱吃人肉，尤其爱吃小孩子肉。因此，她经常变成人形，串乡走镇去偷小孩吃。

一天，女妖窜到园丁居住的村子里去化募。见了园丁问道："喂，你有什么愿望？我能帮你达到。"

园丁答道："我什么都不缺，只少一个儿子，缺一个我百年之后埋葬我的人。"

女妖听后，从袋子里拿出一个苹果递给园丁，然后说道："让你的妻子把这个苹果吃掉，她就会给你生一个儿子。但有一个条件，等他长到七岁时，必须交给我，我带去培养他的智慧。"

园丁望子心切，便答应了女妖的条件，接过苹果，拿回去让妻子吃了下去。妻子吃了苹果，果然怀孕了，临盆时真的生了一个儿子。园丁夫妇喜出望外，视儿子为自己的命根，百般钟爱。儿子长得又顽皮又逗人喜欢，园丁把自己的全部心思都花在了儿子身上，他有空就逗儿子玩耍，和儿子一块儿做各种游戏。

转眼间，儿子长到七岁了。就在满七岁那一天，女妖准时来到了园丁家，说道："已满七年了，把你的儿子让我带走吧。"

园丁哪肯让女妖把儿子带走，他百般哀求道："亲爱的老人家，可怜可怜我这个不幸的人吧，请别带走我的儿子！你想要啥，就拿啥吧，我什么都舍得。我的房子，我的牛，我的园子，你愿要什么？"

女妖根本不理睬园丁的哀求，一把拉过园丁的儿子就带走了。女妖带着孩子正往山里去，途中碰到了一位慈祥的老太婆。这个老太婆是一位女仙变的。她趁女妖到路旁一户人家去化募，把园丁的儿子叫到一旁说道："孩子，你知道你们是往哪儿去吗？带你的是一个女妖，把你带回去就要吃掉你。你记住：女妖到家后会生着炉灶，切下一块羊尾巴油放进锅里，然后会对你说：'你拿上勺子，到锅边炼油去！'这时，你可千万别去。只要你一走到锅边，她就会把你推进锅里。你就对她说：'奶奶，我不会炼油，你先教我一下吧。'这样，女妖就会走到锅边去教你。这时，你就乘机把她推进锅里去。切记！切记！"

女仙嘱咐完，一晃就不见了。女妖化募完了，带着园丁的儿子回到了她山上的家里。

一切果真如女仙所说的一样，女妖让园丁的儿子到锅前去炼油。孩子就照女仙嘱咐的那样，说道："我不会炼油，你教我一下吧，奶奶。"

女妖听了，果然走到锅前拿起勺子教起来。这时，园丁的儿子乘她不备，用尽全力一下子就把女妖推进锅里，女妖连喊一声都没来得及，就被活活烫死了。

而后，园丁的儿子因被炉火烤得头上直冒汗，想找点水洗洗，清凉清凉。他看到屋中有个盛水的坛子，便走过去把手伸进坛子洗了起来。洗完脸，又往头上淋了些水。谁知，他这一淋不要紧，满头的黑发竟突然间变成了闪闪发光的金发。因此，从这时起，人们就称他为金发少年。

金发少年踱着步子开始打量女妖的房子。这时，一只脖子上挂着一串四十把钥匙的猫走进来，金发少年抓住猫，取下钥匙，走出屋外，用第一把钥匙打开了一间大房子门上的锁。推开门一看，房中关着四十个孩子，正在号啕大哭。金发少年当即把四十个孩子全放走了。随后，他又接连打开其他房间的门，这些房间都装着各种奇珍异宝。当他打开第三十八间房的房门时，看到里面坐着三个善良的魔鬼。第三十九间里有三匹神马。第四十间里挂着三个精致的金丝鸟笼，里面都关着一只非常美丽的鹰。金发少年把魔鬼、神马、鹰都放了。

金发少年看完了女妖的全部宝库，正不知该做些什么，魔鬼、神马、鹰来到了他面前。三个魔鬼各自给了他一枚戒指，三匹神马各自给了他一根马尾，三只鹰各自给了他一根鹰羽，并对他说道："金发少年，你若遇到什么困难，就把戒指、马尾、鹰羽扔到火里，我们马上就来帮助你。现在，你要赶快离开这儿。服侍女妖的魔鬼马上就要回来了。"

金发少年听了它们的话，立即动身离开了女妖的住处，向山下走去，最后来到一座村落里。他进了村，就朝紧靠村边的一座歪歪斜斜的房屋走去，打算借住一宿。金发少年敲了敲门，不一会儿走出一位面容慈祥的老奶奶，她就是那位曾教金发少年战胜女妖的女仙。金发少年没认出她来，而她却认出了金发少年。问道："喂，金发孩子，你到哪儿去？"

金发少年答道："我是一个孤儿，我也不知道该往何处去！"

"来，就住在我家吧。肚子饿了吧？先到果园去吃一点杏子、葡

萄、桃子垫垫饥，我这就去给你做饭。你就安心住在这儿，我会把你当做自己的孩子一样看待的。”老奶奶说。

就这样，金发少年在女仙家落了脚。他在这儿一住就是好些年，长成了一个英俊并且智勇过人的年轻英雄。一天，女仙让他进城去买米和面。他进了城，从王宫前穿过时，刚好碰上国王的三个女儿坐在宫楼上玩。国王的小女儿一见到金发少年，便倾心爱上了他。后来，小公主就得了相思病，整天卧床不起，茶饭不思，精神恍惚，容颜一天天憔悴起来。这可把国王急坏了，他下令招来所有医生、诵经者和群臣，命他们想法治好女儿的病。可是，这些人绞尽脑汁，也没能治好小公主的病，相反，小公主的病反而日渐严重。国王只好亲自去询问女儿的病是怎样得的。起初，无论国王怎样问，小公主也不回答。后来，经国王百般开导，她才把自己怎样看到一个英俊的金发少年，怎样爱上了他，以及怎样因思念他而卧病不起都一一说了。

国王很踌躇，他觉得这件事很难办。一个偶尔从王宫前路过，又不知其姓名的人，到哪儿去找他呢？同时，国王想到女儿都大了，该出嫁了，不能再耽搁下去。最好能想出个两全其美的办法，既能找到那个金发少年，同时也能把大女儿和二女儿的婚事定下来。国王思来想去，最后决定举办一次盛大的游艺会，一面乘机找金发少年，一面替大女儿和二女儿选婿。于是向全国颁发了诏令，命所有的年轻人都要来京城参加游艺会，否则将严惩不贷。游艺会如期举行了，国王让三个女儿拿着花坐在宫楼上，并对她们说：“孩子，你们看中了谁，就把花束扔给谁吧。”

同时，命人向前来参加游艺会的青年宣布，他们都要排队从王宫前走过。这时，金发少年穿着褴褛不堪的衣服，头戴一顶破帽，也混在队伍中从王宫前走过。当他从三位公主的眼前走过时，大公主和二公主都嫌他穿着破烂，认为他是个穷光蛋，瞅也没瞅他一眼。唯有小公主一眼就认出了他正是自己朝思暮想的金发少年，虽然他用帽子把金发严严实实地遮盖了。小公主看到金发少年走到了自己的眼前，就立即把花束抛到了他的身上。这一举动使在场的国王和王宫中上上下下的人都大吃一惊，他们怎么也没想到小公主竟会挑一个穷汉做丈夫，尤其是国王，更觉得不光彩，认为自己在大庭广众之下丢尽了脸，心中极为不快。大公主和二公主为了羞辱一下妹妹，特意选了两个衣着最华丽的人做自己的夫婿。

三个被选中的人被带到了国王的面前。国王让大女婿和二女婿坐在上席，并传旨立即举行隆重的婚礼，让他们与大公主和二公主完婚。但对金发少年理也不理，派了一个人把他带到马厩去当马伕。与此同时，国王又劝小公主不要选金发少年，重新选一个富家子弟。小公主见父王如此嫌贫爱富，哭着对国王说道："就是死，我也要嫁他！"

国王见小女儿执迷不悟，心中很恼火，决定不为小女儿举办婚礼，不让他们成亲。

一天，国王想吃野味，就把大女婿和二女婿叫来，让他们去打猎。国王给了他们最好的骏马、最好的猎鹰，派了最有经验的猎人一同去。金发少年得知后，也请求去打猎。国王、大女婿和二女婿以及大臣们听了都哈哈大笑起来。国王嘲弄金发少年："祝你平安，你就跟

着去为我的两个女婿梳洗马吧!”

国王羞辱了金发少年一番之后,让他充当侍役,前去服侍他的两个女婿。金发少年把国王的羞辱强压在心中,一声不吭,跟着国王的两个女婿出发了。

来到山野以后,金发少年拿出戒指、马尾和鹰的羽毛扔到火中,转瞬间,魔鬼、神马和鹰就出现在他面前,问道:“您有什么困难?金发少年,我们随时听候您的吩咐。”

金发少年命他们猎一些上等的野味来。魔鬼当即骑上神马,架着鹰上山去了。没过多久,就猎回了很多野鸡、野鸭、石鸡、天鹅和黄羊等上品野味。金发少年向魔鬼、神马和鹰致了谢,并送走了它们,然后装着十分疲惫的样子,仰面躺在草地上等候国王的大女婿和二女婿。

再说,国王的大女婿和二女婿带着随从在山野转了很久却连一只野物也没有打到,因为野物都被魔鬼猎光了。最后,他们人困马乏,只得掉转马头,无精打采地回城。可是,当他们从金发少年躺着的地方路过时,不禁被他身旁大堆的猎物惊住了,他们怎么也弄不清这是怎么回事。国王的大女婿、二女婿本来就因两手空空而怏怏不乐,如今看到他们一向瞧不起的金发少年竟猎到这么多野味,更觉得空手回去不好交代。他们商量了一下,便走到金发少年跟前央求道:“您看我们什么都没猎到,空手回去多丢人,请把您的猎物分给我们一点吧!”

金发少年答道:“不行。你们羞辱我的时候,怎么不感到丢人呀?”

“我们把所有的金子都给你。”

“那也不行。我不要金子。”

“把我们的马也给你,怎么样?只要你把猎物给我们一些,不叫我们丢人,我们情愿一辈子做你的奴仆。”

金发少年这才答应道:“好。但有一个条件,我必须在你们的屁股上烙一个印记。”

国王的大女婿和二女婿虽然不愿意,但又想不出别的办法,踌躇半天,只得接受了金发少年的条件,脱下裤子,让金发少年在自己的屁股上烙了印记。之后,金发少年从自己的猎物里挑了一些下品野物分给他们,和他们一块儿回城去了。

按照当地的习俗,猎手出猎归来,都要亲手用猎到的野味做成饭菜奉献给国王。国王的大女婿和二女婿也不例外。他们一回来,就钻进御厨房准备献给国王的饭菜。金发少年则在马厩旁的土灶上做抓饭和烤烤肉。

金发少年把自己的抓饭和烤肉各盛了两大盘子,送到国王面前,说道:“国王陛下,请您尝一下我做的饭菜。我也去打猎了,猎了一点野味,请您品尝。”

国王看了抓饭和烤肉后,禁不住香味的诱惑,便各样尝了一点。谁知,这一尝不打紧,金发少年做的饭菜竟非常对国王的胃口。他觉得有生以来还从未吃过这样美味的饭菜,便狼吞虎咽地把抓饭和烤肉吃了个精光。原来,金发少年在女仙家住着的时候,并没有白白地蹉跎时光,他跟着女仙学会了打猎、做饭、种田等各种本领。

翌日,国王又把金发少年招来命令道:“你的手艺不错,做的饭菜很好吃。今天你再去打猎,打一些名贵的野禽回来。”

金发少年来到山野,仍旧招来魔鬼,打了很多猎物。这次,金发少年回到马厩做好饭菜,先在盘底上放了些揉碎的马粪,然后才把饭菜盛上端给国王。国王一见,伸手抓起饭菜就往嘴里填。他吃的是那样香,就好像生平从未吃过饭似的。可是,当他吃到盘底发现了马粪以后,不由得一阵恶心,差点儿把吃进肚里的饭菜都吐了出来。国王大为恼怒,冲着金发少年声色俱厉地喝问道:“你为什么把马粪放在盘子底下?”

金发少年从从容容地答道:“陛下,您是知道的,我住的不是王宫而是马厩,马厩里怎么能没马粪呢?”

国王听了无言可对,他深悔自己错待了金发少年,当即让他搬进了王宫。随后,国王把大女婿、二女婿招来,指着金发少年责问他们:“这是怎么回事?你们瞧不起他,说他这不好那不行。可是,他打猎数第一,猎到的野物最多,野物也比你们的好。他做的饭菜也比你们的可口。”

国王的大女婿、二女婿便诬告道:“是这样的。因为他是我们的奴仆,不会骑马,不会射箭,我们就让他跟在后面捡拾猎物。没想到他竟如此刁猾,把上好的野物藏起来,把最差的留给了我们。望陛下明察,不要上他的当。”

金发少年一看他们如此无耻,气得脸都变了色,怒气冲冲地对国王说道:“陛下,您马上就可以看到,究竟谁是奴仆,谁是主子,请您当即下令让他们脱掉裤子,看一看我烙在他们屁股上的印记。”

国王被弄得莫名其妙，便命两个女婿脱下裤子。他们不敢违抗国王的旨意，只得把裤子脱了下来。国王凑过去一看，他们的屁股上果真各有一个印记。

金发少年戳穿了他们的谎话，便把自己的经历告诉了国王，并取下帽子亮出了一头金发。

后来，金发少年和小公主成了亲，就离开王宫搬回到父亲老园丁那里去了。那位女仙也和他们生活在一起，当了他们孩子的奶奶。

讲述：阿吉尼沙·塔西甫拉提

采录：泰来提·纳斯尔　翻译：苏由　采录地：伊宁市

金　鱼

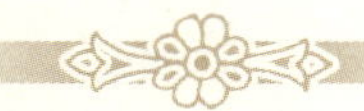

从前，在一个叫做腊秦的城中有一位国王。一天夜里，这位国王做了一个梦，梦见了一条人世上罕见的金鱼。次日一早，他就把全部属臣召集起来，向群臣降了一道谕旨："你们去给我把那条金鱼捉来！要不，我就把你们全部处死！"

大臣们接到这道莫名其妙的谕旨，吓得面面相觑，直打哆嗦，他们谁也没见过金鱼，也不知道该到何处去捉金鱼，可是上谕又不能违抗。后来，他们商量了一下，决定到河边去碰碰运气。大臣们来到河边，只是望着河水发急，谁也不敢下去。

在这座城里还住着一个渔夫，他也听到了国王要捉金鱼的事。他想，要是捉住金鱼献给国王，国王一定会给我很多赏赐的，我再也不用受穷受累了。于是，老渔夫便带着儿子，拿着渔网，高高兴兴地到河边去打金鱼。说也奇怪，他们来到河边第一网就把金鱼打上了。老渔夫见了金鱼，兴奋地吩咐儿子："孩子，你看着金鱼，我去报告国王。"

老渔夫走后，金鱼突然口吐人言，向老渔夫的儿子哀求道："好心的年轻人，别把我送给国王，我一落到国王的手中，就活不成了。"

渔夫的儿子听了金鱼的哀求，非常可怜它，对它说："去吧，你自由了！"说罢，就把金鱼放回河里去了。

没过多久，国王带着随从来到了河边，他一见渔夫的儿子，忙问："金鱼在哪儿？"

渔夫的儿子答道："有一条非常美丽的金鱼，我看它怪可怜的，就把它放了。"

国王一听，大为恼怒，跺着脚向随从喊道："给我把他扔到河里去喂鱼！"

就这样，渔夫的儿子被扔进了河里，汹涌的波浪把他卷走了。老渔夫见儿子被国王扔进了河里，当场昏倒过去，不省人事。他苏醒后，便哭喊着儿子的名字，顺着河岸追了去。最后，只好站在岸边眼睁睁地看着儿子被翻滚的波浪卷向远方。

过了很久，渔夫的儿子苏醒过来了。他睁开眼睛一看，自己躺在一个岛上，身旁还有一个好像是救了自己的年轻人。年轻人见渔夫的儿子苏醒了，便轻轻说道："我的朋友，好些了吧？"

渔夫的儿子连忙坐起来，揉揉眼睛仔细一看，才发现这个年轻人竟和自己长得一模一样，就像一个苹果的两个面一样，不差分毫，他们坐在一起促膝谈了很久，结成了好朋友。最后，互相说了声"再见"，就各奔前程了。

紧靠着岛岸是一座大果园。渔夫的儿子和朋友分手后，就转进果园里去了。正当他在果园里信步游逛的时候，突然碰到这个小岛的主人——魔鬼。魔鬼见了渔夫的儿子哈哈狞笑起来。渔夫的儿子心里吃了一惊，但脸上却没流露出惧怕的神情。他强使自己镇定下来，向魔鬼问候道："艾斯萨拉姆！"

魔鬼却凶狠地说："你要不先向我问好，我就一口吞掉你！"

魔鬼说完，就命渔夫的儿子跟他到一个黑咕隆咚的地窖里去。进了地窖，魔鬼指着一个装着食物的袋子，对渔夫的儿子说："把袋子里的东西掏出来吃吧。"

渔夫的儿子正好饿得发慌，一听有吃的东西，就毫不客气地掏出来大吃了一顿。

吃饱后，他问魔鬼："我怎样才能偿还你的这顿饭？"

魔鬼说："这好办，只要你给我干一小时活就可以了。"

渔夫的儿子痛快地答应了一声："行！"

随后，他们带上绳子和褡合①朝一口井走去。来到井边，魔鬼朝绳子使了个眼色，然后对渔夫的儿子命令道："绑到腰上，下井！"

渔夫的儿子便把绳子绑到腰上，让魔鬼吊下了井，他下到井底一看，才知道井底原来是个大宝库。他照着魔鬼的吩咐，把宝石和钻石满满装了一褡合，绑在绳子上让魔鬼往上拉。谁知，魔鬼把装满珍宝的褡合拉出井以后，用一块大石头把井口堵了个严严实实，背起褡合扬长而去。

渔夫的儿子失去了出井的希望，只好在井底转悠，想侥幸找到一条活路。但是，他什么也没找到，却看到了许多白骨，这些白骨全是被魔鬼骗下井去的人的遗骨。

转眼五天过去了，卖掉珍宝返回来的魔鬼在马上又碰到了一位年轻人，年轻人见到魔鬼，问候道："艾斯萨拉姆！"

魔鬼凶狠地说："你要不先向我问好，我就一口吞掉你！走，跟我走！"

于是，这位年轻人又被魔鬼带到那口井边。年轻人不等魔鬼下令，就主动地把绳子绑在腰上下井去了。下到井底，年轻人找到已倒地昏迷过去的朋友渔夫的儿子，说道："你醒醒，我来了。"接着，他从怀里掏出食物给朋友喂了下去。渔夫的儿子吃了东西，顿觉有了精神，身上也有了劲，一翻身站了起来。年轻人对他说道："我钻进褡合里去，你用绳子绑好，让魔鬼吊上去。"

年轻人说完，就钻进褡合里去了。渔夫的儿子把褡合用绳子

① 褡合：口袋，麻袋。

绑好,朝井口喊了一声“拉”! 正等得不耐烦的魔鬼连忙把褡合拉了上去。当他正要背起褡合走时,年轻人从褡合里跳出来,绑住魔鬼塞进了褡合。随后,年轻人又把自己的朋友拉出了井,把魔鬼扔进了井里。

两个年轻人坐上魔鬼的筏子离开小岛,来到了一个国家,碰到了一个牧羊人。牧羊人告诉他们一件发生在他的国家中的奇事:“我们的国王,现在正遭受着不幸,他有一个美貌出众的女儿,可是她自从生下来就不会说话,是个哑巴。国王想了各种办法也没能治好女儿的病。最后国王万般无奈,就向全国颁了一道诏令:‘谁要是能治好我女儿的病,我就把女儿嫁给谁。’诏令一颁布,就有很多人前去应诏为公主治病,可是谁也没能治好公主的病。他们都被国王处死,白白丢掉了性命。从此,再没有人敢去为公主治病了。所以,公主至今还是哑巴。”

渔夫的儿子和他的朋友听了,什么也没说,就进城去了。来到城里,渔夫的儿子把从井中带出的宝石献了一些给国王,提出要为公主治病。国王当即传令,命人把渔夫的儿子和他的朋友送到公主的寝宫里去。快到公主的寝宫时,年轻人对渔夫的儿子说道:“先让我去碰一下运气。要是我有幸能让公主开口说话,不论得到什么赏赐,咱们都平分。怎么样,同意吗?”

渔夫的儿子答应了。年轻人走进了公主的寝宫,公主的侍女们都大喊道:“快走,否则你会丧命的。”

年轻人没理睬她们,走到公主跟前,劈头一句就是:“你好,我的妻子!”

公主一听这话，愤怒地大喊道："你说什么？"这是公主生平第一次开口说话。

年轻人又说道："我来这儿是为了把你带走！"

公主又闭口不言了，只是愤愤地看着年轻人。年轻人又进一步逼问道："你到底愿意不愿意！"

公主仍不吭声。这时，年轻人"唰"地一下抽出宝刀，在公主头上晃了几下。公主吓得连声求饶，随即从公主嘴里爬出一条两头蛇掉落在地上。公主的病一下子就好了，也能开口说话了。年轻人举起刀把蛇剁成了几截。这时，公主把手上的戒指摘下来递给年轻人，说道："我愿意跟你走。"

就这样，年轻人治好了公主的病，拿着戒指来见国王。国王一听公主会说话了，又见年轻人拿着公主的戒指，便把公主嫁给了年轻人，并赐给他一匹千里马。

第二天，他们带着公主来到河边。这时，年轻人对渔夫的儿子说："现在，咱们分手吧！"

渔夫的儿子一听，忙说道："咱们把东西分一下，你再走吧。"

"谢谢，不用分了。公主属于你，千里马也属于你。你对我的大恩，我现在已报答了。祝你一路平安！"年轻人说完，转眼变成一条金鱼，钻进水里去了。渔夫的儿子这时方才明白，原来那个年轻人就是自己放走的那条金鱼变的。他连忙大声喊道："祝你平安！"

后来，渔夫的儿子带着公主，骑上千里马回到了故乡，找见了正在河边掉泪，思念儿子的父亲。老渔夫看到犹如从天而降的儿子惊喜得流出了眼泪，紧紧地把儿子搂在怀里。之后，老渔夫高兴地吻了儿子和儿媳妇的前额，为他们祈祷，祝他们白头偕老。

就这样，老渔夫和他的儿子、儿媳妇过着幸福的日子，活了很长时间。

讲述：阿吉尼沙·塔西甫拉提

采录：泰来提·纳斯尔　**翻译者**：苏は　**采录地**：伊宁市乌孜别克街

金 西 瓜

很久很久以前，有一个贫穷的农夫，他仅有一点耕地。农夫起早贪黑种植他的地。有一年，春天到了，农夫开始了春耕。地耕完后，他到水渠边歇息乘凉，天上飞着的一只燕子摇摇摆摆地飘落到了地上。他一看，燕子的两个翅膀折断了。农夫立刻把燕子带回家，把燕子的两个翅膀粘好，并收养了它几个月。后来，燕子的伤好了，就飞走了。

一天，农夫在地里干活的时候，那个燕子从农夫眼前低翔而过，并丢下了三粒西瓜籽。几天后，西瓜籽和下种的棉籽一块儿发了芽。农夫按时锄草浇水，下了很大工夫。

就这样，又到了秋天收获的季节。一天，农夫摘收了三个西瓜回

到家里，西瓜一个比一个大。农夫就把亲戚朋友们都请到他家做客。他把西瓜放到桌子上，用刀切，却切不动。第二个西瓜也切不动，第三个同样如此。农夫和客人都感到很奇怪。于是农夫就把西瓜往地上使劲一摔，摔开的西瓜里全是金币。农夫惊喜得不得了，把金币分给了客人们，他们高高兴兴地回家了。农夫从每个西瓜里拿了十个金币，也非常高兴。

农夫有一个富农邻居。有一天，富农问农夫："你是怎么富起来的？"农夫就把那天发生的事一五一十地讲给了他。富农听了这些话就寻思道："真遗憾，我要是也像他那样得到金币就好了……"一天，富农也来到那个河滩，他看到一只燕子。富农就瞄准燕子的腿扔出石头，打断了燕子的腿。他把燕子带回家里，包好燕子被打断的腿。过了些日子，燕子的腿好了以后就飞走了。以后，富农就每天出来盼望燕子的到来。他等啊，等啊，一天，一个面熟的燕子从他的头顶飞过，丢下两粒西瓜籽就飞走了。种子随着逝去的光阴长出了瓜秧，结出了西瓜。时到瓜熟，富农也把亲戚朋友们请来做客。西瓜用刀子都切不动，他就把西瓜朝地上摔。西瓜里摔出的却是大马蜂，在座的客人见此拔腿就跑。富农起来驱赶马蜂，可马蜂把富农的浑身上下蛰得到处是包，他疼痛难忍，便投河身亡了。

贫穷的农夫以他的真诚得到了回报，而富农由于贪婪而得到了报应。

讲述：阿吉尼沙·塔西普拉提克孜

采录：泰来提·纳斯尔　翻译：马和苏德　采录地：伊宁市乌孜别克街

使瞎父复明的姑娘

古时候，有一个在当地威望很高的老人，他有六个儿子和一个女儿。

一天，小儿子告别老人，到世界各地周游去了。日子一天天、一月月、一年年过去了，可是小儿子始终没见回来。老人思念心切，整天悲泣不止，日子一长，竟把双眼哭瞎了。为了治好眼睛，他请了很多医生，想了很多办法。最后，一个前来给他看病的医生对他说道："离这儿很远的地方，有一个叫鲁牡①的国家，国王的宝库中有治瞎眼的药。要是能把这种药弄到，你就能重见光明。"

医生走后，老人把五个儿子叫到身边说道："孩子们，我的眼睛因想念你们的弟弟而哭瞎了。你们谁要是真心爱我，就到鲁牡国去，把治眼的药给我找来。你们谁去？路上需要什么东西，告诉我！"

五个儿子都表示愿为父亲去找药，他们对老人说："爸爸，无论做什么事都需要钱，只要有钱，我们就能让您重见光明。"

老人给了五个儿子很多钱。兄弟五个带上钱，告别老父亲动身

① 鲁牡：罗马。

到鲁牡国去了。一路上，他们大吃大喝，挥金如土，最后把所有的钱花光了，一个个衣衫褴褛，讨着饭回到了家里。老人的女儿见五个哥哥不仅没给父亲找回药，反倒狼狈而归，心中很难受。就走到父亲跟前说："爸爸，我早就做好准备了，让我到鲁牡国去吧？我一定找回药来，让您早日复明。"

老人疼爱地抚摸着女儿的头，说："孩子，为父的真不放心你去。可是，你那五个哥哥又不争气。你若能取回药来，父亲就太感谢你了。"

姑娘告别父亲，骑上走马，带着父亲派遣与她同行的四十名婢女，赶着四十头驮着干粮和用具的骡子，起程到鲁牡国去。因为她们白天行路，夜间休息，所以走得很慢。一天，她们来到一个地方，姑娘对四十名婢女说："亲爱的伙伴们，你们自由了。我现在给你们自由，你们放心地回家去吧。可你们也不能空手回去，我给你们一些东西，作为礼物带回去吧。"

姑娘给四十名婢女每人分了一份东西，把她们打发走了。之后，姑娘便独自一人日夜兼程地往前赶。这天，她正急急走着，忽然在她面前出现了一条巨龙，拦住了她的去路。巨龙张开大嘴用力一吸，就把姑娘的四十头骡子连同驮着的东西都吸进了肚里。可是，姑娘一点都没惊慌，她理也没理巨龙，绕道继续朝前走去。这使巨龙大为惊奇，心想："我还从未碰到过这样勇敢的姑娘。我把她那么多东西吞掉了，她居然毫不害怕，甚至连吭都没吭。看来，这个姑娘肯定有急事，说不定有什么地方我可以帮助她一下。"想到这儿，巨龙便赶上前去，截住姑娘问道："喂，姑娘，我把你那么多东西都吞掉了，你怎么连看都没看一眼？这是为什么？"

姑娘答道："这是因为，第一，我看到你饿了，可怜你；第二，我有急事，不愿在此耽搁。我要到鲁牡国国王的宝库中去取治瞎眼的药，回去治我父亲的瞎眼，让他重见光明。否则，我早就给你一刀了。"

巨龙大为叹服，对姑娘说："真是有好父亲，就有好孩子。这样吧，你骑上我，我送你到鲁牡国去。"

姑娘骑上巨龙，眨眼间就到了鲁牡国。三龙在一座山前停落下来。这座山高耸入云，连绵不断，根本无法翻越。姑娘下了龙背，看到横在眼前的高山，心下不禁犯起愁来。这时，巨龙却在山脚下的一个地方像剥洋葱似的用舌头舔着一层层地皮。它把地皮舔开，指着一块露出地面的大石头，对姑娘说："你把这块石头搬开，有一条地道直通鲁牡国国王的宝库。现在守护宝库的卫士都已进入梦乡，你赶快悄悄溜进宝库中的药库。那儿有两种药：一种罩在玻璃罩内，一种放在纸上。这两种药都能治瞎眼。但是，你千万记住，拿了玻璃罩下的药，就不能再拿纸上的药；拿了纸上的药，就不能再拿玻璃罩的药。你快去，我在这儿等你。"

姑娘搬开石头，顺着地道很快来到了宝库。接着，她又溜进药库，见里面确实放着两种药，看看玻璃罩下的药，觉得不错；又看看纸上的药，也觉得不错，踌躇了半天，最后把两种药都拿到手里，就在这一刹那间，突然传来一阵"哐啷哐啷"的响声。接着，所有的门都关住了，她被关在了药库里。

次日，卫士把姑娘捉住，带到国王面前，请国王发落。

国王问道："你为什么进我的宝库偷东西？"

姑娘答道："我爸爸眼瞎了，我是到这儿访医求药来的，谁知误入了您的宝库。"

国王冷笑一声，说道："你真会说话。好吧，我暂不杀你。你要是能把迪尔罕汗王的女儿给我弄来，我就给你药。要不，我非把你的头砍下来不可。"

姑娘向国王鞠了一躬，说道："好，给我四十天的期限，我给你弄来。"

国王应允了。姑娘离开了王宫，回到了巨龙跟前。此时，巨龙正在着急。一见到姑娘，就连忙问道："喂，姑娘，你怎么才回来，你干什么去了？"

姑娘把发生的事情从头至尾告诉了巨龙。巨龙听后，连声叫苦道："这就不好办了！这就不好办了！"然后，它又对姑娘说了声："走吧！"就驮着姑娘向迪尔罕国飞去。

姑娘骑上巨龙，不一会儿就到了迪尔罕国。巨龙说道："迪尔罕汗王的女儿一睡就要睡四十天。现在，她已经睡了三十九天了。明天天一亮，她就醒了。今天，是我们最后的机会，你一定要设法进到她寝宫里。在进她的卧室前，要穿过两间房子。这两间房子里堆着棉花，你把棉花装满衣袋，然后轻轻踏着台阶走进公主的卧室。记住，在每级台阶的两旁都系着两个铃，你用棉花先把铃塞住，然后再上台阶，这样铃就不会响了。进到卧室后，如果你触动公主，就千万别动她的头巾；如果动了她的头巾，就别碰公主。你要是能这样做，就能顺利达到目的。"

巨龙说完，就打发姑娘走了。姑娘按照巨龙的吩咐，顺利地走进了公主寝宫里的卧室。一看，果然公主正在酣睡。公主头下铺着一块美丽无比的头巾，四十名守护公主的宫女东倒西歪地躺在她的脚下。姑娘看看头巾，又看看公主，觉得都很美，她都非常喜欢，便忍不住走过去连头巾带公主都抱了起来。这一下，姑娘又把自己暴露了。公主的卧室连同整个寝宫都剧烈地震动起来，所有的宫门一扇接一扇地关闭了。姑娘又被关在房中，次日被绑着带到了汗王跟前。汗王见到姑娘，暴怒异常，吼道："你为什么要偷我的女儿?"

姑娘毫无惧色地答道："我爸爸的眼睛瞎了，为了找到治瞎眼病的药，我来到了鲁牡国。在盗药的过程中不幸败露，被鲁牡国国王捉住。鲁牡国国王没杀我，但要我把您的女儿盗去给他。只要我能把您的女儿盗去，他不仅饶我的死罪，还答应把药给我。否则，他就要砍掉我的头。为此，我来到了您的国家。"

汗王听了姑娘的这番话，也提出了一个条件："在太阳升起的地方，有一个名叫柯里卡甫的地方。那儿有一个海拉汗王，他有一匹黑神马。这匹神马由一个魔法师看守着。你要能把那匹马给我盗来，我就把女儿给你。要不，我同样要砍掉你的头!"

"好，给我四十天的期限。"姑娘说。

汗王答应了。姑娘回到巨龙等着她的地方。

巨龙问道："姑娘，事情怎么样了?"

姑娘就把情况对巨龙细说了一遍。

巨龙听后，只好说道："既然事到如今，那就走吧。"

巨龙驮起姑娘飞上天，朝着太阳升起的地方飞去。它不停地飞了一天一夜，才飞到柯里卡甫，巨龙飞落下来，让姑娘下来，又带她悄

悄来到离马厩不远的地方，低声对姑娘说："现在，魔法师就要睡觉了。你乘机赶快挖一条直通马厩的地道。地道挖好后，你钻进去，把头从地道口探出去。黑神马一见你，就会惊叫起来。这时，你再把头缩回来。魔法师听到马的惊叫声，就会起来四处查找。当他转了一圈什么都没找到，就会又躺下睡觉。你等他刚一躺下，再把头探出去。马又会惊叫起来，他又会起身查找。这样弄上两次后，魔法师就会烦躁起来，把马狠狠地揍一顿，并且会这样骂它：'你这个可恶的畜生，你已经两次搅得我不得安睡。你若再叫第三次，我非宰了你不可！'魔法师骂完，就会又倒头睡去。这时，你再钻进马厩，马就不敢叫了。借此机会，你先对马说：'喂，神马，我用牛奶和葡萄干喂养你。我要把你从残暴者的手中解救出去。'你说过这些话以后，黑神马就会俯首帖耳听你摆布。你就迅速取下挂在墙上的鞍具，牵上黑马到我眼前来。"

姑娘照着巨龙的吩咐，顺利地把神马和鞍具盗了出来。巨龙让姑娘骑上黑神马，一同飞回了迪尔罕国。姑娘下了马，正准备把神马牵给汗王，巨龙说道："喂，姑娘，这匹神马不要给汗了，你自己留下。我只要在地上打一个滚，就能变得和黑神马一模一样，你就把我牵上献给汗王。汗王把公主给你以后，你就带上她先走，我随后就赶到。"

巨龙说完，就地一滚，变成了一匹黑神马。姑娘牵着这匹假马来到汗王面前，说道："我把马给你盗来了。"

汗王得到了朝思暮想的神马，心中大喜，当即把公主交给了姑娘。姑娘带着公主骑上黑神马，一转眼就飞得不见了。

再说，汗王得了黑神马非常得意，想要当众夸耀一下。但是，他鞴好鞍具，踏稳左面的金蹬，刚要翻身上马时，神马忽然变成了一只苍蝇，从汗王和众人眼前飞走了，汗王摔了个四脚朝天。

巨龙变成苍蝇脱身后，眨眼工夫就追上了姑娘，大家一起向鲁牡国奔去。来到鲁牡国，巨龙又就地一滚，变成公主的模样，对姑娘说道："你把我献给国王，你们拿上药就走。"

姑娘便把假公主献给了国王。国王也践约把玻璃罩下和纸上的药都给了姑娘。

姑娘刚辞别了国王，国王便迫不及待地诏令全国举办盛大的婚礼。然而，就在婚礼刚结束，乐不可支的国王正在做美梦时，公主忽然变成一只苍蝇，从国王的眼皮底下飞走了。

巨龙愚弄了国王以后，像箭一般的赶上了姑娘，一块儿飞回了姑娘的家乡。

回到家，姑娘取出药抹在父亲的眼上，父亲的双眼当即复明，又能看见一切了。

姑娘的父亲把女儿搂在怀里，吻着女儿的前额，喃喃地说道："你真是我的好女儿，你是我眼中的光芒。"

就在这时，巨龙身上的龙皮也一下子脱光了，变成了一个年轻英俊的勇士。父女俩仔细一看，不禁脱口惊叫了起来。原来这个年轻人正是老人朝思暮想的小儿子——姑娘的哥哥。老人扑上前去抱住儿子，老泪纵横地说："我的儿子，我的眼珠……"

随后，老人举行了盛况空前的庆礼，向众人散了饭，庆贺自己双喜临门。在庆礼上，老人向儿子说道："把你的经历给我们说一说吧！"

小儿子说道:“我因爱上了迪尔罕汗王的女儿,就接受了迪尔罕王的条件,到柯里卡甫去盗海拉汗王的神马。结果,不幸被魔法师抓住,施了魔法,把我变成了一条面目可憎的巨龙,供他驱使。这道魔法只有最孝顺父母,并不惜为双亲献出生命的人才能解除,使我恢复人形。爸爸,我妹妹吃了许多苦,受了许多罪,为您取回了药,为我解除了魔法。”

老人向女儿表示了深深的感谢。后来,老人的小儿子和迪尔罕汗王的公主成了亲,过着幸福的生活。

讲述:阿吉尼沙·塔西甫拉提

采录:泰来提·纳斯尔 **翻译**:王黎明 **采录地**:伊宁市

妖 怪

从前,有一个老婆婆,一天,她对儿子说:“孩子,十五年前你姨妈不知为什么生下了个妖怪。我们不知该如何办,只得把她撇在乡下搬走了。十五年过去了,你现在也长成大小伙子了。听说你姨妈还在,你去看一下她怎么样了。”

儿子说:“好。亲爱的妈妈。”

老婆婆说:“你把这块磨石、镜子和梳子带上,危难时,它们会对你有用的。”

年轻人收拾了一下,告别母亲上路了。他临出门以前,抚摸着他那只名叫“虎”的狗,吩咐道:“虎,我叫你时,你就来帮我。”

年轻人骑着骏马一天一夜就赶到了故乡。他回到故乡一看,大吃一惊。他的故乡已不是昔日的那个兴隆的大庄子了。如今到处是残垣断壁,白骨累累,一片荒凉萧疏的景象。村中,别说是人,就连一只飞鸟都看不见,因为妖怪已经把所有能果腹的东西都吃掉了。

这一切并没有引起年轻人的警觉。他径直走进自己出生的院子,一看,屋前坐着一个极为丑陋的老太婆,就走上前去施礼问候道:“艾斯萨拉姆!”

“你若无礼,我就一口吞掉你!”老太婆恶狠狠地说道。

“我来了。我母亲打发我来看姨妈来了,您是我姨妈吧?”年轻人说。

“哎呀,原来是我外甥来了。”妖怪叫道。

年轻人走上前去和姨妈热烈地拥抱。女妖亲热地对年轻人说道:“快到屋里去歇歇。”年轻人把马拴在马圈里,就进屋去了。过了片刻,女妖进屋问年轻人道:“你说一下,你的马是四条腿还是三条腿?”

年轻人一听问话如此奇怪,就觉得有些不对劲,估摸他的马的一条腿肯定被她吃掉了,便答道:“姨妈,我的马不是四条腿,是三条腿。”

过了一会儿,女妖又问道:“外甥,你的马是三条腿还是两条腿?”

“两条。”年轻人答道。

稍停了片刻,女妖又问道:“外甥,你的马是两条腿还是一条腿?”

“一条。”年轻人答说。

接着,女妖出去了一会儿,进来问道:“外甥,外甥,你的马有没有腿?”

“我的马没有腿。”年轻人答道。

女妖又走了。过了一阵,她进来又问道:“外甥,外甥,你的马有没有眼睛?”

“我的马没有眼睛。”年轻人答道。

最后,女妖问道:“外甥,你究竟有没有马?”

“我没有马。”年轻人答道。

年轻人虽然很心疼自己的马,但他克制着自己,没让难受的心情流露出来。

后来,女妖对年轻人说:“你坐着,我出去拾点柴,回来给你做饭。”

年轻人“嗯”了一声。女妖走后,年轻人坐了一会儿感到寂寞,就取下墙上挂的都塔尔①弹起来,弹了一阵,还觉得不解烦,就上到房顶。天又热又闷,四周就像墓地般的死寂。正当年轻人不耐烦时,突然听到了一阵“吱吱吱”的叫声。他低头一看,原来是只老鼠。年轻人自语道:“噢,原来这儿还有活着的东西。”

① 都塔尔:一种民间乐器。

他的话音刚落，老鼠口吐人言，说道："喂，我是这儿唯一活着的东西。我之所以能幸存，是因为女妖还没发现我。否则，她早就掘地三尺，把我抓住吃掉了。"

接着，老鼠又告诉年轻人："女妖正算计着要吃你，她正用大锅烧水，准备把你放进那口锅里煮上吃。现在，你最好是设法逃走，只有这样你才能免于一死。"

年轻人慌了神，不知怎样才能逃走。他问老鼠："我怎么个逃法？"

老鼠说："你现在就赶快走。我坐在烟囱上替你弹都塔尔。只要琴声不断，女妖就不会疑心。你再把靴子脱下来，装满沙子吊起来。等到锅里的水开了时，女妖就会来拉你的靴子。那时，她才能发现你已逃之夭夭了。"

年轻人照着老鼠说的，连忙脱下靴子，装满沙子吊了起来。然后把都塔尔留给老鼠，跳过一个个房顶，穿过一条条小巷，越过一块块田地逃走了。

老鼠等年轻人一走，就坐在烟囱上弹起了都塔尔，并不时地把吊着的靴子拨拉一下，使它晃动晃动。

中间，女妖不放心，又专门回来看了一次。她见到晃动着的靴子，还以为年轻人仍在房顶上弹都塔尔，便放心烧水去了。水开时，女妖又特意往锅下多添了些柴，然后喊年轻人："外甥，下来，到这儿来。"

可是却没人应声。女妖看没动静，又喊道："我说外甥，下来到这儿来！"

这次不仅没人应声，就连琴声也没了。女妖又喊道："你到底下来不下来？"

仍是没人应声。这一下女妖恼了，奔过去抓住靴子就往下拽，想把年轻人拉下房来。没料想，她用劲一拽，靴子掉了下来，撒了女妖两眼沙子。女妖这才发觉年轻人早已逃走了。她恶狠狠地说道："哼，狡猾的家伙，看你还能逃出我的手心！"

女妖揉了半天才把眼睛睁开。她急忙上了房顶，放眼一看，年轻人正在远处奔逃。女妖哼了一声："看你往哪儿跑！"迈开大步箭一般追了上去。

女妖在后面追，年轻人在前面跑。不久，女妖离年轻人越来越近了，她得意地叫喊道："你还想逃出我的手心吗？"最后，女妖追上了年轻人，抓住了他。这时，年轻人使劲挣脱，拿出磨石扔在了后面。

你们猜猜怎么样了？原来，磨石变成了一座无比高大光滑的山，把女妖和年轻人隔开了。

女妖见一座光滑的高山拦住了去路，急得连连叫道："我怎么翻过去呀！我怎么翻过去呀！"年轻人一听，便戏谑女妖道："你把山石翻过来揉碎，开条路过来。"谁知，女妖当真把山石翻过来砸碎，穿过山，又追了上来。她边追边喊道："你就要落在我手里啦！"眼看着女妖又快追上年轻人了。她在后面哈哈大笑道："喂，好啊，现在看你往哪儿跑！"说着，便伸出手去抓年轻人。就在女妖刚要抓住年轻人的一刹那间，年轻人从怀中掏出镜子，扔到了女妖的脚下。

你们猜猜又出现了什么情况？原来，镜子化成了一条大河，拦住了女妖的去路。

女妖一见大河拦住了路，便向年轻人喊道："亲爱的外甥，我怎样过河呢？"

"脖上吊一块石头游过来。"年轻人说。

女妖果然往脖子上吊了块石头，"扑通"跳下了河。结果，被石头缒下了河底。但是女妖拼死拼活挣扎出水面，游过了河。她过河一看，年轻人已跑得很远了。于是，她又拼命追了起来，最后终于追上了。女妖伸出手大叫道："这一下你可要落在我手里啦！"

年轻人说了声："别做梦了，你看！"就把梳子扔了出去。

梳子一落地，马上变成了一片无边无际的大森林，而且长得严严实实，根本无法通过，要穿过这座森林比登天还难。

女妖马上把牙齿当做锯，开始咬起树来。她咬坏了第一颗牙，又咬坏了第二颗、第三颗牙……直到剩下最后一颗牙时，才咬断很多树开出了一条道，穿过了森林。她拼出最后一点劲，又死命追了上去。眼看就要追上了，年轻人已跑到河边爬上了一棵高高的大树。这时，他已经离家不远了。

女妖站到树下高兴地叫道："我看你还能从树上飞掉！"说着，便用最后一颗牙咬起树来。咬呀，咬呀，咬了好一阵，树开始摇晃了。年轻人一见大事不好，便朝着家门的方向拼命呼喊道："虎！虎！虎！快来！"

年轻人临走之前，已给他的这只名叫"虎"的狗交代过了。他要是碰到困难，就叫它来帮忙。狗听到主人的喊声，拼命朝主人跑去。等它赶到时，树已开始倾倒了。狗便对主人叫道："汪汪汪，我来了。"

"啊，"女妖说，"你也来了？！"便朝狗扑去。这时，狗一边应付着女

妖，一边急忙对主人说道："我把她拖到河里去。你看着河水，如果河水像奶子一样白的话，我们就有希望；若是出现脓水，那就没希望了；若是出现血，我们就胜利了。"

狗和女妖打了一会儿，就引着女妖跳到河里打了起来。最后，两个都沉到了水底。

年轻人站在河岸上，一直目不转睛地盯着河水。起初，水面一片乳白色，年轻人心里挺高兴，觉得有希望了。可是不久，水面上突然出现了一片脓水。年轻人不由得一阵紧张，心想这下子可完了。最后，脓水盖满了河面。年轻人彻底绝望了，他难受地流下了泪水，因为他太爱他的狗了。不知怎么，年轻人的一滴泪落进了河里，紧接着河面上的脓水立即变淡了，继而转成了乳白色。不久，河面上出现了一些血，这是女妖覆灭的征兆。后来，狗突然钻出河面，对年轻人说："女妖死了。"

讲述：阿吉尼沙·塔西甫拉提

采录：泰来提·纳斯尔　翻译：马俊民　采录地：伊宁市乌孜别克街

熟皮匠的妙计

在很久以前，南北交界处住着一个熟皮匠，他靠给人们整平大布为生。他仅有的财产是一只山羊。他用山羊奶调茶喝，而奶皮却常常被狐狸偷吃。有一天，熟皮匠的妻子对他说："家里已什么也没有了，我把旮旯角的面都和了，你去灌木林里弄点柴来也好！"

皮匠回答道："好吧！"于是他端起一碗酸奶，上面扣了一个玉米面馕，腰里绑上绳子，又把砍刀插在腰里，嘴里哼着"灌木林，你在哪里"上路了。快到灌木林时，从一丛芨芨草下飞出了一对鸟儿。

皮匠仔细一看是个斑鸠窝，窝里还有几只蛋呢。他看鸟蛋实在是可爱就拿了两只，装在怀里继续赶路。早饭时刻，他来到灌木林。休息了一会儿，为了使酸奶和馕能凉一些，他在地上挖了个坑把酸奶和馕都放在了里面，上面又盖了些树枝之类的东西做记号，心想：到时别找不到了。于是把腰里的绳子也扔到了那里，并拉出了绳头，然后到灌木林中砍柴去了。就在这时他面前突然出现了一个高耸入云、丑陋无比的庞然大物，庞然大物厉声问道："你是谁？爬在地下找什么呢？"皮匠抬头一看是个气势汹汹的妖怪，他使自己镇定下来后

回答道：

“我的名字叫宇宙之光

职业是你知道的熟皮匠

世间我的名气响当当

有妖怪推我就睡不香

魔穴里也会有反抗

为的是让人知道他们不愚笨

不过我也不简单

为了找到妖魔和鬼怪

越过层层灌木林

灌木丛中仔细寻

因为妖怪的肉是我的粮

早点还得恶魔的兄弟鬼胸肉当！”

听了这些话，妖怪的心悬了起来，眼睛也瞪得老大。皮匠察觉到妖怪的迟疑，于是就问道：“你呢，你在这儿干什么？”

“我是妖怪中的英雄，长期以来我有个愿望就是吃人肉，为了这一愿望，我游历了众多的沙漠、戈壁。不过我很不顺利，今天我是打算在这个灌木林中找一找，结果碰上了你！”妖怪也不甘示弱地说。

“那这样吧！我们比比谁的劲大，你胜了就吃我，我胜了就吃你。”皮匠说。

妖怪同意了这个建议，他心想：我如何做才能胜过眼前这个像蚂蚁一样爬着的人呢？

“你同意跟我比劲了？是吧！”皮匠又问道。

“是的，是的……”妖怪含含糊糊地回答。

“我们比摔跤吧，你的个子高，我的个子小，不合适。如果你同意，看我们谁能踩出大地的脑浆，挤出胡杨树的油。谁做到了，谁就算英雄。”皮匠说。

妖怪同意了他的这个条件。“那这样，你先来把大地的脑浆、胡杨树的油都弄出来看看！”皮匠说。妖怪愤怒地猫腰朝地上踢去，地上扬起了很多尘土，却没见着大地的脑浆。知道事情没做好的妖怪害羞地低下了头。看着这种情景，皮匠又说：“还该你，如果你能把那棵胡杨树的油挤出来，你就走你的路；如果你挤不出来，我让你见识我的力量之后，我就做我该做的事！”

妖怪将皮匠指给的胡杨树枝用尽全身力气捏着，胡杨树的树皮被捏下来落在他的手里，但却不见油。

“现在你看我的吧！”皮匠说着来到了埋放酸奶的地方，朝地上一踢，酸奶和着泥土溅了出来。之后，他又来到被妖怪折断的胡杨树前，拿出怀里的斑鸠蛋，背着妖怪悄悄放在手里去捏胡杨树，结果蛋白、蛋黄从他小小的指头间流了出来。妖怪见状目瞪口呆，寻思着安全脱身的法子。

皮匠感觉到了他的恐慌，就说：“哎，妖怪你说我们俩谁的力气大？”

“你的大，你的大！”妖怪回答道，迟疑了一下后他又接着说：“我对你太无礼了，我请你原谅我的无礼，让我们成为朋友吧！今晚你去我家做客吧！”

“好吧，我至今还没拒绝过别人的要求呢，就按照你的意思去做

吧!”皮匠说道。

听了皮匠的话,妖怪兴奋得按捺不住自己,就把客人领到家里,并用各种食物招待皮匠。皮匠挑了一些看起来好看的或奇怪的东西吃饱了肚子。

这时天也黑了,妖怪看到皮匠吃得那么少,虽然感到十分奇怪,但也没找到机会去问,就在客厅的中间铺好床请皮匠休息。皮匠进屋一看,发现妖怪铺的床正对着天窗,心想这个滑头是想在晚上谋害我。于是他借着灯光看了看四周,发现里面有个巨大的壁橱,心想如果真有什么事的话,就上到壁橱上去。他钻进被子假装睡着了,在门缝里窥视了很久的妖怪听到皮匠沉睡的呼噜声后朝外走了。皮匠竖耳躺着,不一会儿就听到屋顶上有咔嚓声。他立刻起来爬进壁橱,妖怪开始从天窗朝皮匠睡觉的地方扔石头,并一直扔到太阳上山,妖怪才从屋顶上下来。知道这一情况的皮匠马上钻进了被窝。妖怪来到门前仔细一听,竟然听到了皮匠的呼噜声,他刚才从屋顶上扔下的石头也都堆在那里,妖怪很奇怪,进屋一看,皮匠依然如昨晚睡前的样子,正呼呼大睡着。妖怪心想:这真是个英雄,不过我怎么也得要问个究竟。于是他喊道:“哎,老兄,天亮了,你还睡吗?”皮匠头都没抬说:“昨晚跳蚤打架打的我没睡好,我刚睡着你怎么就叫我呢?”听到这话,妖怪想:我扔的石头没砸死他,他倒以为是跳蚤打架,说明他是个真正的英雄,我是怎么也斗不过他的。于是出门为皮匠准备了早饭,早饭后皮匠准备告辞时,妖怪拿着一箱子金子说:“英雄,这是我送你的礼物,带回去吧!”皮匠一看是个很大的箱子,别说扛走,就是挪一下也会费很大的劲。“我得想个办法!”他心里想着,于是他对妖怪说："在我们的正式礼节中，谁要送别人礼物，就一定要将礼物送到别人家里去。如果你是真心送我的，那就请你把它送到我的家里去吧！否则，我是不会接受的。"妖怪听了他的话后，扛着箱子就和皮匠一起上路了，不知他们走了多久，终于快到皮匠家了。

那皮匠的妻子正站在屋顶上朝着丈夫走来的方向眼巴巴地望着，皮匠看到后对妖怪说："喂，老兄，看见了吧，我妻子站在屋顶上看着我们呢，我一定要先回去告诉她我们交朋友的事！"妖怪同意了他的话，把箱子放在地上歇着。

皮匠回到家中对妻子说："老婆子，快进屋，你把锅、盆弄出声响，等我把妖怪领进来时，你就问我：'哎，给客人做的饭里放哪个魔鬼的肉？'"

皮匠把妖怪领到了家门口，想请他进屋来，但魔鬼因体大进不去，于是就在门外面置上了桌子。他们刚坐下，皮匠的妻子就在屋里喊道："哎，当家的，给客人做饭，切大魔鬼的肉呢，还是切小魔鬼的肉?"皮匠还没来得及回答，妖怪早已起身逃跑了。从妖怪手中逃得一命的皮匠给妻子讲了发生的事，夫妻二人将装有金子的箱子搬回了家。

话说已经习惯于偷吃皮匠家山羊奶皮的狐狸，伸着舌头正往前走着，碰上了从皮匠家跑出来的妖怪，它见妖怪没命地跑着就问道："哎，妖怪，你跑什么，什么东西把你吓成了这样?"

妖怪对狐狸讲了关于皮匠的事，听了这事的狐狸说："哎，你这个大笨蛋，真是四肢发达，头脑简单，看你的个子有天高，智慧却还不如我。我每天都去他家吃他山羊的奶皮，你却吓得要跑？走，我带你去

从皮匠那儿要回你全部的东西!”

妖怪说:“此话当真?”

“真的!”狐狸摇着尾巴说。

妖怪想:狐狸很狡猾,它不是说大话骗我去给我找什么麻烦吧!于是他说:“那这样吧,来,把绳子绑在你的尾巴上,我抓着它的一端走,如果你敢骗我,告诉你,你的尾巴可在我的手里呢!”

狐狸答应了他的条件,两人就如此上了路。

已经把金子藏起来的皮匠站在屋顶上向四周看去,他看到狐狸和妖怪正朝着这边走来,皮匠犯起愁来,镇定下来时,狐狸已走近了。于是,他朝着狐狸大声喊道:“喂,滑头的狐狸,你从我这儿把买妖怪的钱拿走都一个星期了,你说过三天就来的,今天才来吗?这就算了,你还欺骗我的朋友,看我怎么整死你。好,你自己说说看!”

妖怪心想:狐狸带我来是想把我卖掉!于是就拖着狐狸一边向荒漠跑去,一边把狐狸的头转了几圈朝地上砸去,狐狸一命呜呼了。

从此皮匠摆脱了狐狸的欺负,幸福地生活到老。

传说从那以后,皮匠再也看不到妖怪了。

讲述:纳吉米丁·斯迪克

采录:祖农·热依木 **翻译:**李慧兴 **采录地:**乌鲁木齐市沙依巴克区

塔伊尔和佐合拉

很早以前，有一个国王统治着一个人口众多、地域辽阔的王国。他住在豪华的王宫里，穿的是锦缎丝绸，吃的是美味佳肴，有众多的侍臣侍奉着他，无数宫女环绕着他，过着极其舒适的帝王生活。可是，有一桩事却使他整日双眉紧锁，悲伤不已。这就是他一直没有子女。一天，国王又坐在王宫里长吁短叹，宰相忍不住躬身问道："陛下，你为什么经常闷闷不乐呢？你有这么大的国土，又有那么多忠心的臣民侍奉着你，你还有什么不顺心的事呢？"

国王叹了一声，说道："我虽然有这么大的国土，又有这么多忠心耿耿的臣民侍奉，但是，直到现在我身边还连一个孩子都没有，我不愁，谁替我愁呢？"

谁想国王的这一番话却触动了宰相的心事，原来宰相也没有子女。宰相长叹一声，也把自己的心事诉说给了国王。两个人都没有子女，同病相怜，说着说着忍不住痛哭起来。后来，国王和宰相都认为，这样干着急不是办法，无论冒多大的风险，也要到外面闯闯，去找一找得到子女的办法。主意一定，国王和宰相便瞒着众人悄悄出宫

走了。

国王和宰相出了城，马不停蹄地一直朝前走去。后来，他们在一个地方看到一座世上罕有的美丽的花园。他们走了进去，只见花园里到处是浓荫翠绿，遍地是奇花异卉。朵朵名贵的百花吐香放蕊，只只珍贵的小鸟婉转鸣唱，溪水像明镜般清亮，地毯上安放着华丽的被褥和枕头。可是，花园中却连一个人影也见不到。

国王和宰相被这一切惊呆了。他们坐在那儿，你看看我，我看看你，什么话也说不出来。这时，走出一位老人，问道："你们是什么人？怎么坐在这里？"

国王和宰相忙转过头来，一看是一位鹤发童颜的老人站在他们身边，忙起身向老人施礼问安，并把他们怎样来到花园的前前后后一五一十地告诉了老人。老人仔细听完他们的话，然后从怀里掏出两个苹果，给了国王和宰相每人一个，说道："你们把苹果带回去，让你们的妻子吃掉，就会得到子女的。你们赶快回去，不要玩忽职守，不要欺压百姓，要好好治理国家，让国家繁荣兴旺起来。另外，我给你们苹果是有条件的：你们中不管谁生了男孩，都要给他起名为塔伊尔，生了女孩，起名为佐合拉。你们要记住，不能让他们分离；他们成人后，要让他们结成眷属。"

老人说完，便转身顺着来路走了。国王和宰相手里拿着苹果，你望我，我望你，愣了半天。后来，还是国王先开口了，他说："我们就照老人的话办吧。"于是，他们拿着苹果离开了花园，回城去了。

他们按照老人的吩咐，让妻子把苹果吃了下去。然后，各自暗暗祈祷，希望妻子能为自己生个儿子。时间一天天、一月月地过去了，后来，王后生了个女儿，宰相夫人生了个儿子。当她们分娩时，国王和宰相都不在，出宫围猎去了。孩子一出世，王后和宰相的妻子各自派人向自己的丈夫报喜。

谁知，国王一听王后生了个女儿不禁大怒，当场命令那个前来报喜的人："回去，把那个该死的女孩子杀掉！用她的血把这块头巾染红，前来复命。"说完，拿出一块白头巾扔给了那人。

宰相一听自己的妻子生了个儿子，高兴极了，他急忙跨上马朝家里飞奔而去。一路上，他还嫌狂奔如飞的马跑得太慢，不停地挥鞭催打。结果，狂奔的马被一块石头撞疼了马蹄，一惊，把宰相摔下了马，宰相被摔死了。

日子一晃，几年就过去了。一天，国王坐在王宫里朝外望时，一眼看到正在街上玩耍的塔伊尔，就问身边的宰相："那是谁家的孩子？"

宰相躬身答道："陛下，那就是前宰相的儿子塔伊尔。如果你的女儿还在的话，也和他一样大了。"

国王听了宰相的这番话，悔恨死了，他用拳头砸着自己的前额痛哭了起来。看到国王这副又悲痛又悔恨的样子，宰相觉得时机成熟了，他毕恭毕敬地向国王鞠了一躬，说道："啊，陛下，请饶恕我的罪过吧，我要向你报告一个好消息。"

国王两眼含着泪水，惊疑地看着宰相，说道："你说吧，我不责怪你。"

宰相说道："请陛下不要太悲伤了，据我所知，你的女儿还活着。"

国王简直不敢相信自己的耳朵，他生怕自己听错了，又问了宰相

一句:“你说什么?”

宰相仍不紧不慢地答道:“你的女儿还活着。”

这次,国王听真切了,他惊喜若狂,大声喊道:“什么?我的女儿还活着!她在哪儿?快,快把我女儿带来,让我看看!”

佐合拉很快就被宰相带到了国王的面前。国王看到佐合拉,一把把她搂进怀里,看了又看,亲了又亲,欢喜得不禁搂着女儿哭了起来。随后,国王传旨举行四十个昼夜的庆典,庆贺自己重新得到了女儿。

自此,国王把佐合拉视若掌上明珠,百般疼爱。他不仅想方设法地让佐合拉吃好玩好,还特地聘请了一位学问高深的大毛拉来教自己的女儿。开学时,塔伊尔也得到国王的恩准,前来就读。此后,塔伊尔和佐合拉上课时,坐在一块儿听课;下课时,便在一起玩耍。

一天,塔伊尔玩核桃时,不小心一个核桃飞出去,打在了一位正坐在太阳下纺线的老太婆的纺车轮上。老太婆抬头一看是塔伊尔,就愤怒地骂道:“你别在我跟前捣蛋,快让你妈把佐合拉给你娶回来,你跟佐合拉闹去吧。”

塔伊尔听了这话莫名其妙。他跑过去紧紧捏着老太婆的手问道:“老奶奶,你说什么?我娶佐合拉?这话是什么意思,快告诉我!”

老太婆的手被他捏得痛得不行,连声说道:“你放开手,我就告诉你。”

“不行,你不说,我就不放手。”塔伊尔说。

“这些话,你问你妈去吧。”老太婆说。

“我妈不告诉我,你告诉我吧,好奶奶。”说着,塔伊尔又加了些劲。

老太婆只好说道："这话我也是听别人说的，我也不清楚。只有你妈才知道。我教你一个办法，你妈一定会对你讲的。你回去见到你妈，就放声大哭，你妈就会软下心来问你。你就说要吃炒玉米粒，你妈就会去给你炒。炒好后，你要她用手捧着给你拿来。等你妈捧着滚烫的玉米粒走到你跟前后，你就紧紧地把你妈的手攥住不放，问她，许配给你的姑娘是谁。那时，你妈就会把一切告诉你的。"

塔伊尔立即跑回家去，按老太婆说的做了。最后，他妈捧着炒得滚烫的玉米粒给塔伊尔送来。这时，塔伊尔趁妈妈不注意，一把攥住她的手，问道："许配给我的姑娘是谁？告诉我！"

母亲生气地骂道："这是哪个该死的教给你的……"话没说完，就被滚烫的玉米粒烫得连声叫了起来："哎哟！烫死我了。"

塔伊尔仍紧攥着母亲的手说道："你不说，我就不放手。"

他母亲只得说道："你放手，我说。"

塔伊尔的母亲抽回手，暗自思想道：这件事再隐瞒下去，也没有什么好处。于是，她就把国王和塔伊尔的父亲怎么碰到一个老人，老人又怎么给了他们每人一个苹果，老人交代的话以及他父亲是怎么死的，一一讲给了塔伊尔。最后，语重心长地说道："孩子，那都是过去的事了。你现在是孤儿，不论哪个国王都不会把女儿嫁给你的，你就别胡思乱想了。"

塔伊尔听完，说了句："妈妈，我只要知道是怎么回事就行了。"说完，出去到街上玩去了。

一天，在学堂里，塔伊尔和佐合拉不听大毛拉讲课，只顾坐在一

块儿说笑。大毛拉怎么说，他们也不听。大毛拉无法管教他们，就禀告了国王，并请求道："国王陛下，我请求你，再别让公主跟塔伊尔一块儿读书了。"

国王听后，心中非常生气，但念及前宰相之情，他没有马上把塔伊尔赶出学堂，只是对大毛拉说道："让塔伊尔坐到其他地方去。若还不行，就在他们中间修一堵墙，把他们隔开！"

就这样，按照国王的旨意，在塔伊尔和佐合拉之间修了一堵高墙。可是，不久墙就坏了，他们又可以交谈了。

随着时光的流逝，塔伊尔和佐合拉一个长成了小伙子，一个长成了大姑娘。他们也渐渐明白了朦胧的爱情。孩提时代的纯洁友情，也逐渐萌发成男女间的深厚感情了。爱情使他们牢牢联在一起，一个离不开一个。若是他们谁见不到谁，就会像失了魂一样心神不宁，坐卧不安。

塔伊尔和佐合拉相爱的消息终于传到国王的耳朵里去了，他不禁恼怒万分。此时，他早已把老人的话和他与前宰相的誓约丢到了九霄云外，他起了除掉塔伊尔的念头。他传旨命人召集木匠做一个特大木箱，准备把塔伊尔装在里面，扔进大河。

国王的旨意佐合拉很快就知道了，她又气又急。她想搭救塔伊尔，又想不出好主意。万般无奈之际，她拿出一大盆金币，来到做木箱的木匠前，流着泪说道："请你们把这盘金币收下吧！请把木箱做结实一些，不要让水渗进去。"

木匠们都很同情佐合拉，说道："公主，如果我们做的木箱不合你的要求，就请你把金币收回去。"

佐合拉早已被国王派人严加看管起来，不准她和塔伊尔相见。佐合拉思念塔伊尔，整天悲泣不止，不思饮食，一心想见他一面，可是一直找不到机会。这天，她得到一个机会，通过心腹婢女，把塔伊尔约到后宫花园相见。两人相见后，心情都很沉重，正当这对恋人哭诉各自的思念，为即将降临的诀别悲痛时，不慎被国王的一个侍从看见了，侍从很快就禀报了国王。国王大为震怒，当即传旨把塔伊尔抓起来，关进了监狱。

木箱做好后，国王传旨把人们集中到王宫前的广场上，要当众把塔伊尔装进木箱扔进河里去。全城的百姓都奉旨来到了王宫前的广场，但他们请求国王不要杀害塔伊尔，饶恕这个无辜不幸的年轻人。可是，国王根本不理睬百姓们的请求，执意要杀塔伊尔。

国王坐在宝座上，用严厉的声音传旨带塔伊尔上来。接着，宫廷传旨官用长长的声音喊了一声："带塔伊尔！"传旨官的声音刚落，五花大绑的塔伊尔就被带上来了。塔伊尔一出现，广场上所有人们的眼光都转向了他。人们的眼光里有同情，有愤怒，他们都在心里咒骂着残暴的国王。塔伊尔的母亲见到被折磨得不成样子的儿子，一下子冲出人群，用土块和石头砸着自己的头，扑到了儿子身上。她把塔伊尔紧紧搂在怀里，哭喊道："我可怜的孩子，你可不能离开我呀！让妈妈好好地看一下你。"

广场上的百姓们看到这凄惨的情景都难过得低下了头。国王命武士拖走了塔伊尔的母亲，把塔伊尔装进了木箱，钉住了箱盖。当时，佐合拉也在场等候和塔伊尔诀别。谁知，她一见到五花大绑的塔伊尔，心中悲愤交集，一下子便昏厥过去。等她苏醒后，塔伊尔已被

装进了木箱，木箱盖也被钉死。这时，只听得塔伊尔在木箱里唱道：

“诀别时你再看我一看，
愿你紧拉住爱情的丝绳；
想念会使你流下痛苦的泪水，
望你在我离去时把我目送。”

佐合拉听了心中一阵酸楚，她含着泪，用颤抖的声音回唱：

“涛涛的河水不停地流过，
你是我心中永不败的红花；
如果不能嫁给心爱的人，
我将把这不公的人世抛下。”

塔伊尔听了佐合拉的歌声，知道佐合拉在送他，于是又唱道：

“滚滚的河水不停地向前，
木箱就像用铁板锻造一样；
我若再有别的情人，
就让鱼群把我的血肉噬光。”

佐合拉也对唱道：

“河水是从那山里流下，
头巾把我的双眉盖住；
每顿饭我都要叨念你的名字，
想起你我就会流泪痛哭。”

塔伊尔又唱道：

“奔腾的河水翻卷着浪花，
颗颗水珠像晶莹的珍珠；

除了你，我再有别的情人，

就让短剑插入我的胸脯。”

这时，木箱被人抬着走远了，塔伊尔未能听到佐合拉的回唱。木箱被抬到河边后扔了下去，随着翻滚的波浪渐渐飘向远方……

塔伊尔在箱中顺水漂呀漂呀，一直漂了六个月，漂到一座名叫哈拉扎木城的城郊。

哈拉扎木城的国王有两个女儿，她们每逢星期五都要带上侍女到城外的河边去游玩。这天恰好是星期五，哈拉扎木国王的两个女儿正好在河边游玩。她们正在兴高采烈地游玩时，突然发现从河上游远远漂来一只木箱。姐妹两个等箱子快漂近时，急忙喊道：“快来人呀，把箱子捞上来！”但是，周围没有别的人，除了两位公主，就是侍女，可她们谁也不敢下到河里去捞箱子。眼看箱子就要漂到她们跟前了，姐妹俩连忙商量了一下，决定碰碰运气，用长发去挂箱子。谁挂上，箱子就归谁。

转眼间，箱子就漂到了她们的眼前。大公主连忙把长发对着箱子甩了出去，但是没挂上。该小公主了，只见她把长发对准箱子一甩，一下子就把木箱挂上了。接着，侍女们上来你拉我扯地把箱子拉到河边，又想法弄到了岸上。箱子从河里捞上来了，姐妹俩也争吵了起来。大公主心里不服气，一口咬定箱子非得归她不可。妹妹不让，经过很长时间的争吵后，姐妹俩达成了一条协议：箱子归姐姐，箱子里的东西归妹妹。

她们把箱子设法弄开后一看，箱子里除了一个坐着的小伙子以外，再无其他东西。小伙子长得英俊魁梧，乌黑的头发闪闪发亮，浓

黑的眉毛下闪着一对炯炯有神的眼睛。总之，人世间再也找不出第二个这样英武的美貌男子。

大公主不看则已，一看又想把塔伊尔据为己有。而小公主则坚决不肯相让。结果，姐妹俩又激烈地吵了起来。后来，小公主气狠狠地高声嚷道："你有什么权力和我争，我已经让过你一次了。我早就说过，不管箱中有什么东西，都是我的，你也同意，为什么现在又和我争？告诉你，他是我的，我谁也不给！"

这件事很快就有人禀告了哈拉扎木国王。国王听后也颇为吃惊，忙带着群臣和侍卫来到河边。一看，竟是个世上少有的英俊青年，他大为高兴，也不问塔伊尔愿意不愿意，就把塔伊尔断给了小女儿海蒂切。并当即带着塔伊尔回城，传旨举行四十个昼夜的婚礼大典，让塔伊尔和海蒂切成亲。

但是，塔伊尔根本瞧不上海蒂切。虽然海蒂切也长得很美丽，但在塔伊尔的心目中，海蒂切根本无法和佐合拉相比。无论海蒂切怎样向他献殷勤，怎样挑逗他，他都牢记着自己对佐合拉发的誓言，丝毫不加理睬。海蒂切问他什么话，他都闭口不言，就好像身边没有这个人似的。

一晃，很多天过去了。一天，塔伊尔突然对海蒂切说道："我想到河边去散散心，你去给你父王说一声。"

海蒂切见塔伊尔开口跟她说话了，这一喜非同小可。她急忙跑到奶妈前惊喜地说道："你的女婿开口说话了，你快去做个报喜人吧。你给我父王说，他要到河边去游玩。"

奶妈当即来到国王面前，向国王回禀。国王听后也挺高兴，马上命全城的人都到河边去游玩，好让塔伊尔在欢闹的人群中畅快地玩一下。同时，他还下了另一道旨意，向全体臣民们宣布："谁要是首先看到或听到塔伊尔笑，就给谁以头上挂满金线的最高赏赐。"

现在我们放下塔伊尔，再表一表佐合拉。

自从塔伊尔被装进木箱扔到河里去后，佐合拉觉得世界突然变得黑暗下来，她对一切都失去了兴趣，寝食俱废，只是整天整夜地卧床悲泣，人也渐渐地憔悴了。但是，她那狠心的父王根本不管女儿的死活，却把佐合拉许配给了他的侍卫队长卡拉巴图尔。佐合拉得知后，气得差一点没有死了过去。

由于日夜悲痛，佐合拉越来越觉得自己精神恍惚。一天，她又躺在床上哭，哭来哭去，最后迷迷糊糊地睡着了。这时，她做了一个梦，梦见她和塔伊尔手拉手，在一座美丽无比的花园中游玩。他们一边玩，一边开怀谈笑着，幸福极了。梦做到这儿，佐合拉被自己梦里的幸福的笑声惊醒了。她醒来一看，自己仍然孤独地躺在床上，刚才仅仅是一场梦而已，这使她更加悲痛。她独自在床上抹了一阵泪后，突然下了床，整理了一下仪容，拿了一碗金币走出了王宫，径直朝一家过往商客常住的客店走去。在客店里，她找到一个本城的商队首领，把一碗金币给了他，说道："你去给我打听一下塔伊尔的消息，看他还在不在人世？哪怕是走遍天涯海角，你也要把塔伊尔的消息打听到，回来报告我！"

公主的吩咐，商队首领不敢怠慢，他接过金币，回去整理了一下行装，就起程了。他走过了许多国家，找遍了许多城镇，询问了也不知有多少人，却始终未能打听到塔伊尔的消息。后来，商队首领取道

朝哈拉扎木城走来，想在这里打听一下塔伊尔的消息。就在塔伊尔到河边散心的这天，商队首领也恰好来到了河边。他看到很多人在河边游玩，像节日一般热闹，又看到一座土丘上搭着一个极华丽的凉棚，一个年轻人坐在里面，凉棚周围聚集着很多人。商队首领心中感到很奇怪，他向一个人打问了一下，才明白了是怎么回事。他暗自思忖道，那个青年莫不是塔伊尔吧？我先唱首歌探一下他再说。于是，他便放开喉咙唱道：

"我带着商队从远方来到这里，
这凉棚莫不是为了商队置放？
听到塔伊尔早已死去的消息，
心中大惊急忙赶到了这个地方。"

商队首领的歌声使正在河边游玩的人们吃了一惊。旋即，他们更惊奇了，因为塔伊尔听了商队首领的歌，突然放声大笑起来。那些暗中悄悄观察塔伊尔的动静，准备抢先看到塔伊尔笑的人，早已跑到国王那里请赏去了。塔伊尔把唱歌的商队首领打量了一番，回唱道：

"骑在骆驼上的年轻人，
请你顺着原路把家返；
若是你还愿意的话，
请把刚才的歌再唱一遍。"

商队首领一听自己的话有了反应，便又唱道：

"你是不是我们的塔伊尔？
你认识不认识佐合拉？
我带来了佐合拉的心意，

你能不能来我身边听一下。”

塔伊尔一听佐合拉这个名字，当即跑到商队首领跟前，抱住骆驼的脖子，急切地说道：“我是塔伊尔，把我带走吧！我要去看望佐合拉。”

商队首领说道：“佐合拉马上就要出嫁了。你现在回去对她没好处。你既然在这儿成了家，就安心过日子吧。我来这儿仅仅是打听一下你是否还活着。”

塔伊尔一听，急忙表白道：“我跟哈拉扎木二公主的婚事，是他们强迫的。婚后，我没和她说过一句话，更没接触过她的身体，甚至连正眼都没瞅过她一下。我坚信佐合拉对我的爱情坚贞不渝，她也和我一样，一定牢记着我们的誓约。她出嫁肯定是她那残忍的父王逼迫的，不会出自她的真心。她现在肯定更加思念我，希望我能在她的身边。我非去看她不行，就是死，也要死在她的身边。”

商队首领劝塔伊尔：“唉，痴情的年轻人，我劝你别去。你还是安下心来跟这儿国王的女儿好好过日子吧。你去见佐合拉，对你一点好处都没有。”

塔伊尔不听，非要回去看佐合拉不可。商队首领费了半天口舌，也没能使他回心转意，只得应允道：“那么你就去吧，只好凭你的运气了。”

塔伊尔一见商队首领应允了，高兴极了。他让商队首领先走一步，自己连忙转过身跑到打扮得花枝招展的二公主面前，唱道：

“哈拉扎木的二公主，

坐在上面的尊敬的你；

我得到了佐合拉的消息，

我马上就要登程离开你。”

海蒂切听了心中大吃一惊，急忙唱问道：

“河里的流水还清吗？

你手上的戒指还在吗？

难道远方的佐合拉汗，

长得比我还强吗？”

塔伊尔当即回唱道：

“河里的流水清又清，

手上的戒指永不忘；

远方的佐合拉汗呀，

确实比你还要强。”

塔伊尔唱完，随即告别了海蒂切，追上商队首领，骑上骆驼，头也不回地就走了。

塔伊尔和商队首领日夜兼程地赶着路。他们走着走着，大路突然分成了三条岔路。第一条路的路牌上写着：最近，有去无回。第二条路的路牌上写着：不近不远，来去危险。第三条路上的路牌上写着：最远，有去有回。商队首领在岔路口望着三条路，犹豫不定，不知走哪条路好。这时，在一旁的塔伊尔催促道：“不管哪条路，只要能很快赶到佐合拉身边就行。什么危险不危险，能不能回来，我都不在乎。”

但是，商队首领可不干，他不愿陪着塔伊尔去送死。他们经过商量后，选择了不近不远，来去危险的路。

塔伊尔和商队首领沿着第二条路向前赶去。这天，他们来到一个强盗经常出没的地方。结果，没走几步就窜出一伙强盗，抢走了他们的骆驼，把他们也关进了地牢。

塔伊尔被关进地牢以后，想到自己从今以后再也见不到佐合拉了，心里一酸，忍不住失声痛哭起来。哭了一阵，觉得光哭没有用，得想法逃出牢笼。他观察了一下四周，见地牢把守得很严，根本逃不出去。但塔伊尔不甘心就这样死去，他想碰一下自己的运气，看看强盗中有没有熟人能帮助自己逃出去。于是，他唱了一支歌进行试探：

“我的旅途是多么漫长，
为了赶路把夜晚也当成白天；
请你们放了我这不幸的人吧，
要知道远方的佐合拉是多么孤单。”

说来也巧，塔伊尔认识的一个人恰好也在这儿做强盗。他听到了歌声，就来到地牢探望塔伊尔。最后他问塔伊尔：“你还在爱那个佐合拉吗？”塔伊尔点了点头。那人再没说别的，他把管地牢的头目叫来，掏出一把金币给了他，说道：“这个人正在遭受着爱情的折磨，他再不能经受其他折磨了。看在我的分上，放了他们吧！”

管地牢的头目得了钱，就把塔伊尔和商队首领放了。随后，塔伊尔认识的这个人又把骆驼弄来，还给了他们。就这样，塔伊尔和商队首领逃出监牢，骑上骆驼飞奔离去。

最后，塔伊尔几经磨难，终于在佐合拉出嫁前赶到了宫门前。这时，佐合拉因过度悲伤，昏昏沉沉地睡着了。塔伊尔没立即进宫，他在门外唱起了歌，想用歌声唤醒佐合拉。

似睡非睡的佐合拉听到塔伊尔的歌声，心中一惊，还以为是在做梦，随即爬起来朝宫门外一望，见果真是塔伊尔，不禁悲喜交集，便什么也不顾了，少女的羞臊早已被狂热的爱情所替代，几步奔过去，扑到塔伊尔的怀里。两个有情人紧紧拥抱在一起，流下了喜悦的泪水。随后，佐合拉和塔伊尔手拉着手并肩漫步到花园里，诉说着各自的怀念之情。

谁知，灾难紧随着又降临到了这对情侣的头上。塔伊尔和佐合拉相见的情景被卡拉巴图尔的妹妹一一看在了眼里，当即把这一切都详细地讲给了卡拉巴图尔。卡拉巴图尔听了以后气得直跳，就向国王禀告了此事。

国王大为恼怒，传旨命人把塔伊尔抓起来，关进监狱，并当着群臣咬牙切齿地说道："我若不把塔伊尔杀掉，我的女儿就别想安宁。"

次日，国王传旨，让全城臣民都到王宫前的广场上来，他要当众处死塔伊尔。人们来到广场后议论纷纷。人们不是痛骂国王无道，就是替塔伊尔抱不平。

正当人们议论不停的时候，刽子手把蒙着眼睛、五花大绑的塔伊尔押进了广场。乱糟糟的广场一下子沉静了下来，人们的眼光都投向了塔伊尔。只见刽子手肩扛着明晃晃的大刀，像凶神似的站在塔伊尔的身旁，只等国王一声令下，就砍掉塔伊尔的头。

突然，凄惨的哭声划破了广场上令人恐惧的寂静，佐合拉闻讯赶来了。她扑到父王的面前，痛哭着百般哀求，请求别杀害塔伊尔。可是，国王的心犹如石头一般，根本不为所动，他当即下令杀死塔伊尔。国王平静的话音犹如晴天霹雳，把佐合拉的全部希望击得粉碎。她一阵头晕目眩，随即昏死过去。

刽子手一听到命令，就举起锋利的砍头刀，对准塔伊尔的脖颈砍去。在这刹那间人们都低下了头，谁也不愿目睹这残忍的景象。塔伊尔死了，人们也迈着沉痛的步子，满怀着愤懑散去了。空旷的广场上只有塔伊尔的母亲扑在儿子的无首尸上，哭得昏死了过去。而塔伊尔的头已被刽子手拿走，挂在城门上示众去了。塔伊尔的母亲醒后，用仇恨的目光怒视着国王，悲愤地唱道：

"噬血的刽子手的手中，
挥舞着杀人的屠刀；
无辜的人的鲜血，
染红了罪恶的屠刀。

这天还能尊之为天吗？
苍天呀，你还有灵下雪下雨吗？
为了爱情我的孩子无辜死去啦，
这个无道的人世还有什么真理吗？！"

这时，昏死过去的佐合拉也苏醒过来，她也悲愤地唱道：

"一峰峰骆驼，
排成行走了；
残酷的父王呵，
把我的塔伊尔杀了。

塔伊尔不是一只牲畜，

你们任意地把他宰杀啦；

塔伊尔已离开这个人世，

我怎能独自一个继续留下！”

后来，国王又传令埋掉塔伊尔，人们这才取下挂在城门上的塔伊尔的头，合在尸首上，抬出城找了个地方埋掉了。

自从塔伊尔被国王杀害后，佐合拉就穿起了黑色的丧服，到了第四十天，她对国王说道：“今天是塔伊尔死去四十天，请父王允许我带上婢女到他的坟上看一下。”

国王犹豫了很长时间，勉强同意了。佐合拉回到寝室，换上最好的衣服，往衣袋里装满了珍珠，拿上一把尖刀藏好，就带着四十个婢女到塔伊尔的坟上去了。路上，她对四十个婢女说：“姑娘们快些走，到塔伊尔的坟前，我向你们散珍珠。”等快要到塔伊尔的坟前时，佐合拉从衣袋里掏出珍珠向四下散去。她一边撒，一边加快脚步朝塔伊尔的坟走去。等她把珍珠撒完，也到了坟前。而婢女们这时还远远落在后面，忙着捡珍珠。

佐合拉在坟前脱下白沙罩袍，拿出尖刀朝自己前额戳了一下，喊道：“坟开开！”喊声刚落，塔伊尔的坟就哗啦一下裂开了，坟墓里的塔伊尔就好像活着时一样，静静地睡在那儿，双颊红润，眉毛和闭着的眼睛的眼缝犹如两道水波，令人喜爱。佐合拉急忙脱下套鞋，扔掉尖刀，跳进坟墓扑在了塔伊尔的胸上。随后，坟墓又紧紧地闭合了。

婢女们捡完珍珠才发现佐合拉不见了，吓得急忙朝塔伊尔的坟前跑去，却不见佐合拉的踪影。她们慌了，叫着佐合拉的名字，散开四下寻找。但是，她们怎能找到佐合拉呢？这些婢女只好提心吊胆地回到宫中，向国王如实禀报了事情的经过。

国王听到后大为惊慌，忙带上随从和卡拉巴图尔及他的妹妹奔到塔伊尔的坟前。他命人四处寻找佐合拉，但结果和婢女们一样，连人影也未能见着。最后，有人发现了夹在塔伊尔坟上的佐合拉的辮梢。于是，国王马上命人掘墓，掘开一看，佐合拉和塔伊尔并肩躺在一起，好像在甜蜜的睡梦中。

国王一看，恼羞成怒，命令人把佐合拉抬出来，另葬在一旁，让他们死也不能在一起。卡拉巴图尔看到佐合拉已死，说了一句："我离开佐合拉还有什么活头。"就立即拔刀自刎了。于是，国王又命人把卡拉巴图尔埋在塔伊尔和佐合拉坟墓中间，把他们隔开。

后来，塔伊尔的坟上长出一棵红玫瑰，佐合拉的坟上长出一棵白玫瑰，卡拉巴图尔的坟上长出一棵荆棘。玫瑰往上长，荆棘也往上长。红、白两棵玫瑰往一起长，荆棘就插在中间，使它们无法相连。最后，它们长得越来越高大，就相互紧紧地缠绕在一起了。

讲述：阿吉尼沙·塔西甫拉提

采录：泰来提·纳斯尔　翻译：王黎明　采录地：伊宁市

古丽

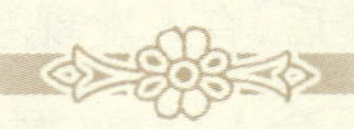

过去，有一个名叫胡赛音巴依卡尔的国王，国王的宰相就是赫赫有名的大诗人——艾力谢尔纳瓦依。

国王和宰相从青年时期起就是好朋友。胡赛音巴依卡尔一天见不到艾力谢尔纳瓦依，就会感到若有所失，坐卧不安。国事无论巨细，只要没和艾力谢尔纳瓦依商量，他决不作出决断。

一天，国王出去游猎，让人通知艾力谢尔纳瓦依一道去，但是被婉言谢绝了。一是，他不喜欢这种残害生灵流血的消遣。二是，他最近被一个漂亮的姑娘迷住了，他深深陷入了痛苦的爱恋之中不能自拔。因此，他对一切都失去了兴趣。

事情是这样的：

春暖花开的一天，宰相艾力谢尔纳瓦依沿着一条僻静的小巷散步，忽然听见一阵阵哗哗的流水声。他顺着水声，漫步来到溪水近前。溪水在他站的地方形成了一个小小的平静的水泊，然后又流走了。艾力谢尔纳瓦依正在观赏清澈透明的溪水，突然，水泊上映出了一个姑娘的倒影。倒影是那样得清晰，就连姑娘的身段和容貌都能清楚地看到。这个姑娘不仅体态窈窕，而且长得也很美。在艾力谢尔纳瓦依的心目中，她比月亮还美。若是把她比作一块金光闪闪的金币的话，那么月亮就是一块昏暗无光的铜钱。不久，倒影一闪就消失不见了。艾力谢尔纳瓦依在水泊边徘徊了很久，可是倒影再没有出现。最后，他只好打定主意明天再来，然后惆怅地回去了。

自此，艾力谢尔纳瓦依几乎每天都要到这条僻静的小巷来一趟，想再看一看那倒影。但是，他每次都是满怀希望而来，垂头丧气而归。后来，艾力谢尔纳瓦依通过自己的亲信仆人，终于打听到了那个美丽的姑娘是一个缫丝工阿不沙里赫的女儿，名叫古丽。

艾力谢尔纳瓦依决定先和姑娘的父亲见见面，把自己的意思跟他谈谈。他选定了一个日子，独自来到阿不沙里赫的家，轻轻叩起了门。里面有人问道："是谁在叩门呀？"

艾力谢尔纳瓦依答道："是我，一个苦行僧。"

"苦行僧，你要什么呀？"

"阿不沙里赫在家吗？"

阿不沙里赫一听有人找他，便开了门。当他看到找他的人竟是当朝赫赫有名的宰相时，心中大吃一惊，吓得全身都打起了哆嗦。这是因为当时的达官显要经常欺压百姓，他们的脚踏进谁家，谁家就要遭殃，百姓们都非常害怕他们登门。但是，艾力谢尔纳瓦依却不是那些如狼似虎的官，他先向阿不沙里赫恭敬地鞠了一躬，然后和颜悦色地请求阿不沙里赫允许他进去。阿不沙里赫连忙打了个招呼让女儿避开，便把宰相引进屋中的上席坐下。

艾力谢尔纳瓦依坐下后，前思后想，不知该从何处启齿。阿不沙

里赫也心怀疑惧，不敢贸然开口。后来，艾力谢尔纳瓦依站起来鞠了一躬，说道："师傅，我有一个愿望，希望您能收我做您的女婿，不知您愿意不愿意？"

阿不沙里赫做梦也没想到这个作为国王王冠和宝座支柱的人竟要娶他的女儿。他先向艾力谢尔纳瓦依恭敬地鞠了一躬，然后谦恭地说道："我全家的生死都握在您手里，更何况这件事。阁下若要娶我这个微贱手艺人的小女的话，对我们全家将是莫大的荣耀。"

艾力谢尔纳瓦依又问了一句："您的女儿愿意吗？"

阿不沙里赫说："我的女儿不会不答应的。父母之命她是不能违抗的。"

艾力谢尔纳瓦依说："我是知道我们祖先传下来的习俗和传统的。但是，我想我们再听听您女儿的意愿会更好一些。要知道，不情愿的结合，要比沉痛的苦难和可怕的死亡还要可怕。您别怕，如果您女儿不愿意的话，我决不会用我的权势来迫害你们。我将遵循命运的安排，马上离开您的家。"

阿不沙里赫急忙跑进女儿的屋里，兴冲冲地说："孩子，幸福鸟落在你的头上了，你将要住进王宫了。宰相艾力谢尔纳瓦依要娶你啦。我已应允了。但是，他还要再征求一下你的意见，你赶快'嗯'一声吧。否则，他只需使一下眼色，就足够把你我连同这个家毁掉。"

古丽听了父亲的话，微微一笑，说："我们做女儿的生来就要遵从父母之命。你去对他说：'我的女儿愿意陪伴你终生。'"

阿不沙里赫欢天喜地地来到艾力谢尔纳瓦依面前，说道："我早就说过我女儿是很通情达理的。怎么样，我没有说错吧？我女儿已

同意了。”

当天，艾力谢尔纳瓦依就打发媒人前去说亲。他为了得到古丽的真心相爱，每天都抽出空到她家去，和她在花园中一道散步谈心，并把自己为她而写的诗念给她听。古丽也常常弹起都塔尔，用她那夜莺般悦耳的歌喉给他吟唱优美的民歌。于是，他们渐渐有了感情，真心相爱了。甜蜜的爱情，使他们觉得他们一定会幸福，一定会白头偕老。

举行婚礼的日子近了。艾力谢尔纳瓦依先给古丽的父亲送去了两百个金币的定礼。

一天，艾力谢尔纳瓦依没去上朝，在古丽家陪伴她。这时，国王胡赛音巴依卡尔问左右：“今天怎么没见到我的朋友？”

这时，职位仅次于宰相的大臣麦吉特提丁走近宝座，躬身启禀道：“陛下，请允许我说两句。自从我奉了您的旨意后，我一直派人暗中尾随着艾力谢尔纳瓦依，让他们暗中查访他的言行，并报告给我。”

国王问道：“有什么情况？”

“陛下，您的臣民对您的忠诚应和镜子一样明净。但是，艾力谢尔纳瓦依却欺骗了您。”

“什么，他欺骗了我？他有多大的胆量敢款骗我？!”

麦吉特提丁非常肯定地说道：“是的，陛下，他真的欺骗了您。他说他每天晚上在写诗，这完全是谎话。他是在和一位当今最漂亮的姑娘一块儿消磨时光。伟大的国王陛下，他把一颗只有和您的王冠才能相配的珍宝藏匿了起来，不奉献给您。”

随即，麦吉特提丁便把详情一一告诉了国王。国王一听大为恼

怒，马上传旨："立刻给我把艾力谢尔纳瓦依找来！"

艾力谢尔纳瓦依来了，国王面带愠色地对他说道："我马上要结婚！"

艾力谢尔纳瓦依还蒙在鼓里，便一本正经地躬身问道："陛下要娶的姑娘是哪家的？"

胡赛音巴依卡尔说："我要娶的姑娘是当今最漂亮的美人，她的父亲是一位很有'名望'的人！"

"那么，请允许我向您表示衷心的祝贺！"艾力谢尔纳瓦依说。

胡赛音巴依卡尔一听这话觉得非常好笑，忍不住哈哈笑着向宝座前的群臣说道："你们听到了没有？我们的宰相在向我祝贺呢！好，我现在就命我的朋友、宰相艾力谢尔纳瓦依做我的媒使。朋友，你带上聘礼，马上到姑娘家去。"

"做国王的媒使是我无上的光荣。可是，我还不知道姑娘是哪家的呀？"艾力谢尔纳瓦依躬身问道。

胡赛音巴依卡尔大声说："到缫丝工阿不沙里赫家去。"

艾力谢尔纳瓦依一听，竟是让自己去给自己的未婚妻提亲，气得全身直哆嗦。他强忍着无比的愤怒，用颤抖的声音说道："陛下，请恕我不能遵旨，我没有办法完成您的使命！"

胡赛音巴依卡尔见艾力谢尔纳瓦依竟敢抗旨，吼道："好啊，看来人们说你瞒着我在做一些见不得人的事，原来一点都不假呀！你马上给我到阿不沙里赫家去！听见了没有？"

艾力谢尔纳瓦依仍是不肯前往。他忿忿地说道："如果一个人替别人去向自己的未婚妻说媒，哪怕这个人是国王，也是违背我们祖传习俗的。”

胡赛音巴依卡尔见艾力谢尔纳瓦依宁死不去，当即传旨把艾力谢尔纳瓦依流放到拜得尔地方去，改派麦吉特提丁去说媒。

艾力谢尔纳瓦依离开王宫，策马飞奔到古丽家，在盛开着各种鲜花的花园中，泪流满面地把他们的爱情之花即将要遭受的摧残告诉了古丽，并深切痛恨自己软弱无能。他沉痛地对古丽说：“在这个只有压迫和死亡的世上是没有幸福的。”

古丽毅然决然地说道：“我宁死不去做胡赛音巴依卡尔的妻子！”

正当他们悲痛万分之时，麦吉特提丁带着人抬着聘礼来了。阿不沙里赫把麦吉特提丁让到家中坐下，飞跑到花园，连看都没看艾力谢尔纳瓦依一眼，就直接对女儿说道：“孩子，你不知交了哪一辈子的好运了！我原以为宰相做了我的女婿就够荣耀的了，谁知命运又要我当国丈。”

古丽什么都没说，只是把给艾力谢尔纳瓦依的誓言重复了一遍：“若要我做国王的妻子，除非我死。”

阿不沙里赫见女儿不答应，忙流着泪向女儿央求道：“唉，我的命真不好，你的这个回答若是让国王知道了，我们家就会被毁成灰扬到天上去，为父也会变成一撮土啊！你替我们这个家想想呀，可别让我们遭难呀！”

可是，无论阿不沙里赫怎样求怎样骂，古丽都始终不肯答应嫁给国王。最后，阿不沙里赫只得回到麦吉特提丁面前，跪下吻了地，战战兢兢地说道：“我的女儿被宰相迷了心窍，她拒不嫁给国王。我请您别把她的话禀报给国王。她以后会知道的，做宰相的妻子不会比

给国王当侍女更好一些的。”

麦吉特提丁听后说：“做昏礼[①]时我会带着国王的回答再来的。”接着，便命人起身。

临走时，他又狠狠地对阿不沙里赫说：“在我再来之前，你的女儿若还执迷不悟，我就用绳子拴住她的脖子牵进王宫！”

麦吉特提丁走后，古丽回到屋中，端出两碗酒，递给艾力谢尔纳瓦依一碗，说：“在太阳落山前，比死还要痛苦的离别就会来到我们中间。这一碗酒就算我死在国王手中之前的告别酒。”

艾力谢尔纳瓦依一听话头不对，急忙伸手去阻拦。可是，太晚了，古丽已仰头把酒喝掉了。艾力谢尔纳瓦依急忙问：“酒中放毒药了？”

古丽点头“嗯”了一声。艾力谢尔纳瓦依再没说什么，一仰头把碗里的酒喝了个净光，然后说道：“如果我失去了古丽的爱情，生命对我也就无用了！”

刚做完昏礼，麦吉特提丁就来了。古丽便对父亲说：“我嫁给国王。但有个条件，四十天后再举行婚礼。”

这个回答很快就转禀给了国王，国王也答应了姑娘的条件，并传下旨来给阿不沙里赫头上缠上金丝带，命他全权筹办婚礼。与此同时，又降了一道解除流放艾力谢尔纳瓦依的敕令。

一转眼四十天就到了，盛大的婚礼也按期开始了。在国王举行盛宴招待来宾时，艾力谢尔纳瓦依为了和自己的情人做最后的告别，

① 昏礼：黄昏时做的一次礼拜。

装扮成苦行僧混进后宫和古丽见了面。此时，古丽病得很厉害，她已被病魔和悲痛折磨得骨瘦如柴，形容憔悴。当她见到艾力谢尔纳瓦依时，脸上露出了兴奋的笑容，眼睛里闪耀着比星星还明亮的光彩。她对艾力谢尔纳瓦依说道："我还以为我们再也见不上面了。你放心，我决不做国王的妻子。我喝进的毒药已经起作用了。"

艾力谢尔纳瓦依也沉痛地说道："亲爱的，我也喝下了你给我的毒酒，我会和你一块儿离开这个世界的。"

古丽听后，心更碎了。她对艾力谢尔纳瓦依说道："唉，傻瓜，自从有了这个世界以后，你听说过有一个姑娘亲手杀死自己倾心相爱的人吗？你喝的那碗酒里，我没有放毒药啊！"

艾力谢尔纳瓦依听说他喝的竟然不是毒酒，差一点发了疯。他狂喊道："天啊，我为什么这样不幸，你为什么对我这样残忍呀！"

这时，古丽已经不行了。她望着艾力谢尔纳瓦依，用尽全力说道："亲爱的，为了让你永远不忘记我，我才这样做的。"

古丽说完这句话，便倒在床上死了。与此同时，国王胡赛音巴依卡尔也得到了艾力谢尔纳瓦依混入后宫的禀报，怒气冲冲地赶到了。他一来，便"唰"地一下抽出刀，凶狠地向艾力谢尔纳瓦依咆哮道："谁让你进到我的新房来了?!"

悲痛已极的艾力谢尔纳瓦依已经什么都不在乎了，他指着已经死去的古丽平静地说道："请安静些，让她安睡吧，不要再惊动她。陛下，我们离开这儿吧，别打扰她了！"

这时，国王才知道古丽已经死去了。国王惊得手中的刀也不知不觉地掉了下去，随后，他低着头走了出去。艾力谢尔纳瓦依拾起国

王的刀，也跟在后边出去了。来到外面，他把刀送到国王面前，说道：“我已经很厌世了，我请求你把我这盏生命的灯吹灭了吧！在这个世上，除此之外，我再没有别的愿望了。给你，这是你的刀，快把我的头砍下来吧！”

这时，国王胡赛音巴依卡尔也开始悔恨自己了。他没有去砍自己的宰相艾力谢尔纳瓦依的头，反倒把诗人搂在怀里，向诗人表示从此要做他真诚的朋友。就这样，国王又让艾力谢尔纳瓦依做了他的宰相，无论什么事，都要和艾力谢尔纳瓦依商量。否则，他决不办。

但是，据说从此以后，胡赛音巴依卡尔终生都提防着艾力谢尔纳瓦依，害怕他有朝一日进行报复。然而，艾力谢尔纳瓦依并没有报复。但是，他们的友谊却自那天开始就结束了。

著名诗人艾力谢尔纳瓦依终生都保持着对古丽的忠贞不渝的爱情。并由于这个原因，他再没有对哪一位容貌赛过月亮、光辉压倒太阳的姑娘看过一眼。

讲述：阿吉尼沙·塔西甫拉提

采录：泰来提·纳斯尔　**翻译**：苏　由　**采录地**：伊宁市

贞洁的女人

一天，巴士拉市市长到花园去散步，无意中碰到了园丁的妻子。那女人生得娇小美丽，仪态万方，令市长一见钟情。于是，市长心怀鬼胎地故意把园丁派到外地去出差，然后自己溜进花园，命令园丁的妻子把花园的所有大门都锁上。待园丁妻子把所有的门锁好后，市长问道："所有的门都锁上了吗？"

园丁妻子回答说，所有的门都锁上了，只有一道门没办法上锁。市长问她是哪一道门。园丁妻子回答说："那是我心灵深处只对丈夫敞开的贞洁之门没有上锁。"

市长一听此话，顿时羞得面红耳赤，当即向园丁的妻子道歉，请求她原谅。

翻译：江　帆

一个姑娘的爱情

很久以前，麦尔海朗城有一个很有名望的商人，他的名字叫卡比勒。卡比勒的妻子很早就过世了，给他留下了一个儿子和一个女儿。

后来，卡比勒见孩子都已长大，就打算到远方去经商，并把儿子也带去锻炼锻炼。女儿怎么办呢？他把她寄放在一个和自己是近亲的老人家里。

卡比勒的女儿长得非常漂亮，就和画上画的美人一样。女儿到了老人家后，老人便起了不良之念，想把姑娘弄到手。一天晚饭后，老人趁姑娘给他倒水洗手，抚摸着姑娘的头，说道："明天，咱们就该举行婚礼了。"

姑娘又羞又气，她一点也没想到，被自己当做父亲一般看待的老人竟说出这样不知耻的话来。再说，姑娘心中已有意中人了，她早已悄悄爱上了一个偶尔见过一面的英俊的年轻人。她面带愠怒，生气地对老人说道："你是九十岁的人，娶我十六岁的姑娘，不感到羞耻吗？"

老人依然抚摸着姑娘的头，说道："一切都由我来做主。你不知道，我只要和你在一起就感到高兴，就觉得年轻。”

姑娘见老人的话越发难听，一怒之下，把老人推倒在地上，摔的嘴和鼻子直流鲜血。姑娘一看祸惹得不小，吓得逃了出去。老人爬起来，没去追姑娘，怒气冲冲地回到屋里，坐下来给卡比勒写了一封诬陷姑娘的信。信的最后是这样写的：“……你的女儿现在已经学坏了，她败坏了一位和你有同样名望的长者的声誉，我已无法再收留她了。为了你和你家的声誉，我只好把她撵出了我的家门。”

卡比勒接信后，脸都气白了，他二话没说，叫过儿子便吩咐道：“你马上去把那个败坏我声誉的东西——你的妹妹，不论她躲在哪儿，你都要把她找到杀死，带回一勺子她的血。只有喝了她的血，才能洗刷我们家高贵声誉上的污点，我的心才能平静，我们才能回去。”

卡比勒的儿子没说什么，飞快地回到了麦尔海朗。他找到妹妹，带着她来到城外没有人的地方，说道：“妹妹，我下不了杀你的手，你赶快逃命，到你愿意去的地方去吧，可不能再留在麦尔海朗了。”

哥哥放了妹妹，回到家里宰了一只山羊，接了一勺子血带给了父亲。卡比勒喝了这一勺子血，才觉得平静下来。

不久，卡比勒回到麦尔海朗。他和老人相见后，相互问候，还互问全家人好。但是，卡比勒没提她女儿的事，好像他从来就没有过女儿一样。

再说，可怜的姑娘和哥哥分手后，就急急忙忙朝荒野逃去。但不久，她就迷失了方向，在荒野上走了整整四十天也没找到能落脚的地方。这天，她来到一棵冒着泉水的梧桐树下，爬上树坐了下来。不多一会儿，一个英俊的年轻人和他的朋友也骑着马来到了树下。他们

下了马让马吃草饮水，自己则躺在树下休息。年轻人看见树上坐着一位姑娘，便惊奇地起身问道："喂，姑娘，你是谁？"

姑娘答道："我是麦尔海朗城商人卡比勒的女儿。"

年轻人问："你坐在树上干什么？"

于是，姑娘便从树上下来，把自己不幸的遭遇前前后后都向年轻人说了。年轻人听后，说道："你不能待在这儿，我把你送到我父母身边去。"

年轻人也看中了姑娘。他带着姑娘回到埃赛克城的家里。不久，两人举办了隆重的婚礼。

一晃许多年过去了。这期间，卡比勒的女儿生了个儿子。一天，麦尔海朗城的商人驼队叮叮当当地穿过埃赛克城。年轻人听到驼铃声，便带着妻子来到大路旁，想看看是谁的商队。卡比勒的女儿看到从麦尔海朗来的商队，想起了父亲，忍不住流下了泪水。她丈夫看到了，便关切地问道："你怎么哭了？"

卡比勒的女儿抽抽咽咽地说道："我想起了父亲，忍不住就落起泪来了。"

丈夫非常疼爱自己的妻子，经常想法让她感到温暖和愉快。现在，看到妻子伤心难过，便把弟弟叫来吩咐说："你去套车，把你嫂子送到麦尔海朗去。"

弟弟套好车，拉上嫂子和侄子起程了。途中，弟弟起了歹意，想把年轻美貌的嫂子拐走，霸为自己的妻子。于是，他便赶着车离开大路朝山里走去。嫂嫂发现了小叔子的不良用心，抱起孩子跳下车逃走了。等弟弟发现时，她已跑得很远了。弟弟也不去追，他取出弓搭上箭，瞄准远去的嫂子就是一箭，然后掉转马头返回埃赛克城去了。这一箭没射中嫂嫂，却把她抱着的儿子射死了。弟弟回来后，哥哥问道："把你嫂子和侄子送到了吗？"

弟弟撒谎："我才知道我嫂子不是好东西。路上，我们碰到了她的情夫，她的情夫把我打倒在地，带着她走了。"

年轻人听后，当即骑上马带着弟弟出门找妻子去了。一路上，他找遍了所有的村镇、戈壁和树林，可是连妻子的影子都没见着。年轻人越找越气，一怒之下，便来到麦尔海朗，找到卡比勒问道："你女儿回来了没有？"

卡比勒见面前这个陌生人竟问起他那不肖的女儿来，气得全身发抖。他怒容满面地说道："你是谁？你问我女儿干什么？我告诉你，我没有女儿，我已经把她杀了。"

年轻人一听这话，犹如晴天霹雳，好一阵子没醒过神来。这天，恰值卡比勒的儿子结婚，卡比勒的家中人来人往，宾客盈门。年轻人当着宾客的面不好继续追问，便无精打采地坐在那儿。

却说，年轻人的妻子怀着无比的痛苦和哀伤埋葬了孩子，便沿着一条小路朝前走去。她不知走了多长时间，没想到最后竟来到麦尔海朗城前，就进城朝家中走去。来到家门前，她发现家中正在大宴宾客，心中便犹豫起来，不知是进还是不进。正在这时，从街上走来一个赶着羊群的牧羊人。年轻人的妻子看到这个头戴破帽、身穿破衣的牧羊人后，当即就想出了一个办法。她把牧羊人叫住，问道："喂，牧羊人，把你的帽子和衣服卖给我吧！"

经过讨价还价，牧羊人把自己的破衣烂帽卖给了年轻人的妻子，

又解下自己的破腰带，作为礼物送给她。年轻人的妻子用牧羊人的衣帽装扮好了，便进了家门。她刚一进院子，就被忙得不可开交的大师傅叫住了："喂，牧羊人，过来，帮一下忙。"

就这样，年轻人的妻子来到厨房，一边帮着烧火，一边来回端汤送饭。

卡比勒、老人、年轻人、年轻人的弟弟、卡比勒的儿子都坐在喜宴上。他们各有各的表情，各怀各的心思，卡比勒见高朋满堂，满脸得意。老人已喝得连话都有些说不清了。年轻人则无精打采，愁眉苦脸。年轻人的弟弟带着忧虑的神色，显得有些心神不安。卡比勒的儿子则极为兴高采烈。然而，卡比勒根本没想到眼前的牧羊人就是他的女儿。老人也同样没想到这个人就是他诬陷过的漂亮的姑娘。年轻人正为妻子的死哀伤，也没想到这个人会是自己的妻子。年轻人的弟弟做梦也没料到嫂子会活着回到麦尔海朗。卡比勒的儿子正在大喜的日子里，更不会想到妹妹了。总之，他们谁也没认出眼前的牧羊人是女扮男装的。

客人们吃饱喝足以后，老人便把牧羊人叫过来，吩咐道："喂，放羊的，给我们讲个故事吧！"

牧羊人答道："是。我讲一个故事，你们仔细听着。"

卡比勒催促道："快讲吧！"

年轻人也跟着说道："开始讲吧！"

牧羊人便提出了一个条件："在我的故事没讲完之前，你们谁也不准站起来。"

客人们满口应承："我们答应。在你讲完之前，谁也不准站起来。”

于是，牧羊人便开始讲他的故事：“在麦尔海朗城，有一个名叫卡比勒的商人。他在麦尔海朗很有名望。他的妻子很早就死去了，给他留下了一个女儿和一个儿子。”

牧羊人刚讲到这儿，就见卡比勒一下子从座位上站起来，喊道：“这算什么故事！卡比勒就是我！我的事谁不知道？”

牧羊人责问他：“刚才我们已经讲好，在我的故事没讲完之前，谁也不准站起来，你为什么要站起来？”

这时，客人们也都责怪卡比勒。卡比勒只得乖乖地坐下来。牧羊人继续讲道：“卡比勒带着儿子外出，把女儿寄放在一位老人家里。谁知，这个老人起了不良之念，要强娶卡比勒的女儿为妻。姑娘没有顺从他，他就给她的父亲写了一封信，诬告他的女儿变坏了，败坏了他的声誉。”

牧羊人还要继续讲下去，老人坐不住了。他跳起来，打断牧羊人的话，吼道：“喂，放羊的，你是什么人？你为什么竟敢在大庭广众之下毁谤一个德高望重的长者？”

牧羊人气愤地问他：“喂，老人家，在故事没讲完之前，谁也不准站起来，你忘了吗？”

正听得津津有味的客人见老人如此粗野，都非常不满，向他投过去一道道责怒的眼光。老人一见如此，只得老老实实地坐了下去。牧羊人接着又讲道：“卡比勒接到了这封信，也不问青红皂白，当即命儿子去杀死妹妹。哥哥不忍心杀死她，就宰了一只山羊代替了她。”

听到这儿，卡比勒的儿子情不自禁地站起来问道：“喂，你好像什

么都知道。你知道我妹妹后来怎样了吗?”

牧羊人没理睬他,继续讲道:“姑娘的哥哥给卡比勒带去了一勺子山羊血,他就把那勺子山羊血当做那个不幸的姑娘的血喝了。”

这时,又悔恨又难受的卡比勒抬头说道:“天啊,我的命真苦哇!”

“后来,姑娘流落在荒野上,碰到了一个很好的年轻人。年轻人收留了她,又爱上了她,最后娶了姑娘。后来,姑娘给他生了个儿子。”牧羊人讲道。

年轻人大为吃惊,他没想到眼前这个牧羊人竟知道得这样详细。他急切地想知道自己妻子的下落,便跳起来大声问道:“喂,牧羊人,快告诉我,那女人在什么地方?否则,我就砍掉你的头!”

牧羊人微微一笑,说道:“你真是个急性子。如果你砍掉了我的头,后面发生的事你就不会知道了。你听着,年轻人的妻子想念父亲,年轻人就让他弟弟套车送她回去。路上,弟弟起了坏心,想拐走自己的嫂子。可是,年轻人的妻子察觉了,便抱着孩子跳下了车。后来,年轻人的弟弟便杀死了他的侄子。”

牧羊人的话还没落,就见年轻人的弟弟大喝了一声:“胡说!”随即举刀向牧羊人砍去。结果,没砍中,倒把牧羊人的帽子砍了下来。帽子一掉,年轻人的妻子的长发便散落下来,披在了肩上。

在座的人一看牧羊人转眼间变成了一个非常漂亮的女人,都惊得不由自主地“啊”了起来。年轻人一看,眼前的牧羊人原来是自己的妻子,又惊又喜。他立即冲上去,一刀结束了自己黑心弟弟的性命。接着,众人也拥上去,把那缺德老人的衣服剥光,在他的鼻子上涂上牛粪,脸上抹上灰,让他骑上癞疮驴,在麦尔海朗所有的大街小巷游街示众。之后，就把他放逐了。

从此以后，年轻人跟他的妻子幸福地生活在一起，彼此再没有分离过，直至白发到老。

讲述：哈吉尼莎

采录：泰来提·纳斯尔　翻译：刘奉仉　采录地：伊宁市乌孜别克街

顶灯台的猫

以前，有一个名叫埃合麦提的织绸匠，妻子名叫左荷腊，人很聪明。一天，埃合麦提对妻子说道："我想买些布匹拿到邻国去卖，赚些钱，发点财回来。"

"谁让你去做买卖？"左荷腊说，"你出去买两个馕都要受人骗，还想出去做买卖，别去啦！"

埃合麦提没听妻子的劝阻，他买了十峰独峰驼和十峰双峰驼，用十峰骆驼驮上丝绸，十峰骆驼驮上米酒，加入商队里走了。

他们不停地走了四十个昼夜，第四十一天晚上来到一家客栈。客栈的大门旁坐着一个老太婆，热情地招呼着客商："到我们的客栈

里来吧，我们的招待是最好的，从来还没有哪一个客商过门不入的。”

“这是一个热心肠的老太婆。”人们议论着，走进了她的客栈。老太婆把客商们安顿好，服侍他们吃过饭以后，问道：“你们下不下棋？”

“好，下！”人们说。

接着，老太婆又说道：“咱们这样玩吧。我有一只猫和一个有四根捻子的灯台。下棋时，我让猫顶着灯台。如果到天亮前，灯台从猫头上掉下来，就算我输，我的全部财产就给你们；如果没有掉下来，就是我赢，那你们的全部财物就要归我。”

他们答应了，就和老太婆赌了起来。谁知，猫竟把灯台一直顶到了天亮，就像木桩似的一动也不动。结果，老太婆把全部客商的钱、货物和骆驼都赢来了。之后，老太婆命仆人把他们撵出了客栈。

埃合麦提也输光了所有的东西，被撵出了客栈。他一筹莫展，只得来到巴扎，给一家饭馆做了伙计，成天劈柴、担水和生炉子。

却说左荷腊从一个返回来商人那里打听到了自己的丈夫因输光钱在饭馆里做伙计的事，就问商人：“那个老太婆是怎样赢埃合麦提的？”

商人说：“她用一只猫。”

“猫有什么本事？”

“猫能把一个灯台一直顶到天亮，不让它掉下来。”

“猫有没有把灯台掉下来的时候？”

“没有，要是掉下来，老太婆早就把家产输光了。”

“那个地方有没有老鼠？”

“没有老鼠。”

左荷腊问明白以后，便抓了四只小老鼠，装进一个盒子里养了起来，还加以训练。她在盒子旁撒点葡萄干，敲敲盒子，老鼠就会钻出来吃葡萄干；然后再敲敲盒子，老鼠就会钻回去。

左荷腊把老鼠训练好了，准备动身找丈夫去。她买了十峰单峰驼、十峰双峰驼。然后，用十峰骆驼驮上丝绸，十峰骆驼驮上米酒，找了一个老头当商队首领，一个老头当仆人，自己女扮男装，骑着高头大马，带着干粮跟在一个商队后面上路了。

经过四十个昼夜的辛苦跋涉，在第四十一天傍晚来到了那家客栈。老太婆仍和以前一样坐在客栈门前，和气热情地请过往客商住她的客栈："到我们客栈来吧，我们会热情地接待你们的，从来还没有哪一个客商不愿住我们的客栈的。"

"这是一个心地善良的老太婆。"人们说着，便走进了她的客栈。等客商们把一切都料理停当后，老太婆又问道："你们下不下棋？"

"嗯，下！"人们说。

"要是愿意玩的话，我有一个条件。我有一只猫和一个有四根捻子的灯台。我把灯台放在猫的头上，让猫顶着。要是我的猫能把灯台一动不动地顶到天亮，就算我赢，你们的一切货物都要归我；要是顶不到天亮，就算我输，我的全部财产就归你们。"

接着，她在房子中间放上棋盘，把灯台放在蹲在棋盘旁的猫的头上，点亮四根捻子，就开始跟客商下棋。没过多久，老太婆就把客商的许多东西赢来了。最后，剩下左荷腊和老太婆下棋。天快亮时，老太婆开始打盹了。左荷腊乘机往地上撒了点葡萄干，把盒盖打开，敲了敲盒子，老鼠就从盒子里钻了出来。猫一见老鼠，当即扔掉灯台，

跑去抓老鼠。这时,左荷腊又把盒子敲了几下,老鼠就又钻回盒子去了。

“老人家,您输了,把您的全部财产都给我吧!”左荷腊说。

“你肯定捣了鬼,要不我的猫不会跑的。不行,我不服气!”老太婆气急败坏地说道。

于是,左荷腊和老太婆又重新来了一次。不一会儿,老太婆又开始打起盹来。左荷腊又悄悄打开盒盖放出了老鼠,猫又丢掉灯台去抓老鼠。结果,老太婆又输了。

就这样,左荷腊赢了老太婆五十峰骆驼和五十峰骆驼驮的货物,找到在饭馆当伙计的丈夫,一同返回了故乡。从此,埃合麦提再也不敢有出门经商的念头了。

讲述:哈吉尼莎

采录:泰来提·纳斯尔　**翻译:**苏由　**采录地:**伊宁市乌孜别克街

种瓜得瓜　种豆得豆

一个年轻人有一位上了岁数的父亲。老人年迈体衰,两眼昏花,

两手颤抖，连东西也拿不稳。儿子年轻强壮，但不能善待父亲。

有一天吃饭，老人因双手无力，端不住饭碗，把饭碗掉在地上打碎了。儿媳妇对此很生气，说了好些风凉话数落老人。从此以后，儿子把老人安置在院子一个角上阴暗潮湿的小屋子里，又专门从集市上买了一个木碗给他吃饭。老人见儿子儿媳如此待他极为伤心。老人有个五六岁的孙子，一天到晚跟随在他的身边，使老人破碎的心略感慰藉。

一天，年轻人看到儿子在用刀剜刻木头，便问他在干什么。儿子搂着他的脖子回答："你不是给爷爷买了一个木碗吗？妈妈就用那个木碗给爷爷吃饭。我也用这个木头刻个碗，长大了用这个碗给你和妈妈吃饭。"

儿子的话使这个年轻人顿然醒悟，他愧疚万分，哭泣着来到父亲面前跪下，请求原谅，并把老人接到明亮、暖和的房子里住，一日三餐，再不分开。老人见儿子儿媳如此善待自己，感慨地说："孩子们，我总算摆脱了忧愁。使你们醒悟过来的，正是这个小宝贝——我的小孙子。"

翻译：苏永成

善有善报

从前，有一个虔诚的教徒，他就知道对别人做善事。他挣的钱一部分作为家里的开销，一部分交扎卡提税①和给穷人、孤儿，剩余的部分积攒起来准备去麦加朝觐的费用。

有一天，那人从巴扎回到家时，看到自己的孩子在家门口哭，就问其原因。孩子说："邻居的孩子们在吃鸡肉，我也想吃，就向他们要，他们的父亲没给我。"

"就为这事在哭呀？邻居不给，我给你煮鸡吃。"那个人说。

那个人把孩子领回家时，遇到邻居，就对他说："给小孩子一块鸡肉吃又有什么呢？孩子很生气，心里也很委屈。"

邻居的双眼滴下了眼泪："我的孩子三天来还没有吃一点东西，由于穷得一无所有，在我毫无办法的时候，我就把人家扔在街上的死鸡拿来煮给孩子们吃了。不干净的鸡肉怎么能给你的孩子吃呢？"

虔诚的教徒听到这番话，感动得热泪盈眶。他立刻回到家里，把为了去麦加朝觐而积攒的钱全都给了邻居。

---

① 扎卡提税：伊斯兰教宗教税之一，每年交纳一次。

事隔三天后，上天给虔诚的信徒家里来了信："哎，穆斯林！由于你把准备朝觐的钱捐给了贫穷的邻居，你已被接受朝觐，你已经列入朝觐的人的行列了。从今天开始，你就可以称为阿吉了。"

就这样，那个人由于为别人做了善事，没去麦加就成了阿吉了。

讲述：阿吉尼沙·塔西甫拉提克孜

采录：泰来提·纳斯尔　翻译：马和苏德　采录地：伊宁市乌孜别克街

客人至尊

穆明·依本·扎伊德总督在一次战争中俘获了三百名士兵，他下令把三百战俘全部处死。

行刑的这一天，有一名年轻战俘走出队列向总督请求："总督大人，我快要渴死了，请求您赐我一碗水喝吧，我总不能在干渴中去死呀。"

总督下令给他一碗水。

年轻战俘端着水碗并不急于去喝，他又说："您瞧，所有的战俘都在看着我，他们跟我一样渴望喝水，我实在不忍心当着众多焦渴

者一个人喝下这碗水。我如果把这碗水分给他们每人一口显然是不够的。我想他们跟我一样横竖都是一死，我恳求总督大人赐给所有的战俘一碗水喝。”

总督下令给所有的战俘一碗水。战俘们争先恐后地喝了水，感到十分满足。这时，年轻战俘又说：“尊敬的总督大人，我们喝了您的水就是您的客人了，杀死自己的客人并不是高尚的行为。”

穆明·依本·扎伊德总督终于被年轻战俘的话所感动，下令赦免所有的战俘。

翻译：江　帆

行凶作恶　必遭惩处

在一座被称之为莱克凯的城市里，住着一位苦行僧。他以自己的高尚品德和各种美德深受人们的爱戴，他广交有识之士，被人称做“贤士”。

一天，贤士出门远行，行至一处荒野之地，一伙强盗挡住了他的去路，要他交出钱财。贤士对这帮强人说：“我没有什么钱财，只有一点盘缠和干粮，你们想要就拿去吧，我不会吝啬的。”

强盗们对他的话充耳不闻，刀剑出鞘，要把他杀死。贤士担惊受怕，不知所措。正巧这时，有一行大雁从他们头顶上空飞过，贤士对大雁悲叹道：“大雁啊，我在这荒郊野外落入盗寇之手，人们对我的情况不得而知，你们要为我报仇雪恨哪！”

这伙强盗讥笑他：“你是个毫无知识的蠢汉，而蠢人必须要处死。”

贤士对他们说：“行凶作恶，最终是要受到惩处的。但对诚恳的话语充耳不闻，对事实视而不见，对说真话装聋作哑的人，是不知道也不可能理解这个道理的。”

强盗们不顾贤士的善言相劝，残暴地杀害了他。城里的居民得知噩耗都很悲痛惋惜。隔了一段时间之后的一个节日，城里的居民聚集在一处游乐场地欢庆娱乐，那伙强盗也混在市民中间看热闹。恰巧这时，有一行大雁出现在人们上空啼叫哀鸣，人们对此大惑不解。一个强盗对他的伙伴打趣说：“这些大雁是不是来为贤士讨还血债的呀！”不料此话被一个市民听见，旋即一传十、十传百，最后传到了市政长官的耳朵里。市政长官当即命人抓获了这些强盗，他们供认了自己的罪行。结果，市政长官把他们全部送上了绞刑架。

翻译：苏永成

对告密者的奖赏

从前，有一个县官，一次外出打猎，对他的马夫说：“很久以来我就想跟你赛一回马，看一看哪一匹马跑得快。”

马夫欣然允诺。于是，他们主仆二人策马奔驰而去。当来到一个僻静处时，县官让马夫停下来，然后对他说：“我有几句话想单独告诉你，所以让你跟我到这儿来。因为我信任你，才把隐私告诉你，你千万不能告诉别人。”

马夫受宠如惊，当即发誓：“承蒙老爷抬举我，我发誓绝不告诉任何人。”

县官对马夫说：“近日来我察觉到我弟弟的行踪十分可疑，可能他想谋害我，因此，我必须除掉他。今后你要随时跟在我身边，以防不测。”

马夫听罢立即表示严守秘密，并且信誓旦旦地说，只要是为了县官的安全，赴汤蹈火在所不辞。可是，一回到县府，马夫就背信弃义，把县官对他说的话透露给了县官弟弟。

县官弟弟自然十分高兴，当即许诺一旦事成之后定有重赏。

同时，他采取各种防范措施来保护自己。不久，老县官突然去世了，他弟弟继任县官职务，上任的第一天就下令把马夫绞死。马夫苦苦哀求，陈述自己为新县官继任如何立下过汗马功劳等等，然而新县官却不为所动，对他说："世界上没有比背信弃义和告密更丑恶的行为了。我哥哥生前信任你，而你却背叛了他，把他出卖给我。你对我哥哥尚且如此，今后对我也不会忠诚不贰的。今天对你的惩罚也是你罪有应得！"说完，便下令把马夫送上绞刑架。

翻译：江　帆

自掘陷阱

古时候，有个名叫吴白德的人。此人生性乖戾，远近闻名。他常常无端放火焚烧别人的麦场，然后逃之夭夭。世上的任何坏事、丑事、恶作剧他都乐于去做，却从没有人见他做过一件行善积德的好事。然而，这个无耻之徒偏偏有个美丽绝伦、贤惠善良、知书达理的好妻子。吴白德从不给妻子一个好脸色，说话总是恶声恶气，妻子经

常无端受辱。正如一位诗人所说：他生就铁石心肠，从不听人好言规劝，就像一块顽石浸在雨水中也不长苔藓。

尽管妻子苦口婆心地把他开导，但这个蛮子全当做耳旁风。

一日，吴白德回到家中无端殴打妻子开心解闷，一时兴起，顺手操起一块卵石向妻子头上猛击，妻子当即毙命。吴白德顿时吓得六神无主，急忙把妻子的尸体隐藏起来，想找个见多识广的人讨个计谋，以便设法使自己逃避罪责。他怀着这个想法走出家门，正好碰见一位名叫艾孜木·霍加的商人。他迎上去施礼问安后，便一五一十地把事情的来龙去脉和盘托出，最后请艾孜木·霍加替他想个逃脱罪责的办法。

艾孜木·霍加沉吟片刻，说道："不妨找个标致的小伙子，将他骗到家中一刀捅死，把尸体跟你妻子的尸体放在一起，然后将街坊邻居们叫来，对他们说，你刚从外面回来撞见妻子正和一位年轻人搂抱在一起，因一时气愤将他们二人杀死。众人一定会深信不疑。这样你就可以逃脱杀人的罪责了。"

商人的计谋正中吴白德的下怀。于是，他找到一位英俊青年，对他说："兄弟，我有一事相求，不知你肯不肯帮忙。我独身一人，实在寂寞得很，虽然家有美味佳肴却没有一点食欲。我想找一人来与我共进晚餐，一出门便碰到了您，这也是真主的安排，您的好福气。我想请您到我家做客，不知您肯不肯赏光？"

那青年再三推辞不过，只好跟吴白德来到家中。吴白德一见那青年上了钩，不觉心中暗喜，随手将门闩上，趁其不备将他一刀捅死，把他的死尸与妻子的尸体摆在一处，然后去把那商人叫到家中，说道："我按你的主意，事情办得很顺利。你瞧，这青年已经做了我的刀下鬼！"

那商人上前一看，突然惊叫一声，扑在青年的尸体上哭得死去活来。原来那青年正是商人的儿子。商人痛不欲生，一头撞在墙上，顿时脑浆飞溅，死在吴白德家中。

有诗为证："谁若在平地上掘下陷阱，他必将为自己挖好坟坑。"

此时，四邻五舍们闻声赶来观看，发现三具死尸横躺在地下，吴白德在一边吓得瑟瑟发抖，面如土色。愤怒的人们一拥而上，把凶手吴白德五花大绑，押送到官府受审。在人证、物证面前，吴白德只好如实招供。县官大人当即判处吴白德死刑。

翻译：江　帆

知足者常乐

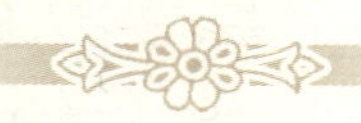

从前，喀布尔城里有两个人，为了过好日子，决定到苏丹·马合木德国王那里去请求恩赐。他们在去皇宫的路上遇到一个旅伴，此人是个手艺人，凭自己的手艺挣钱吃饭，从来没有什么奢望。两个人

和手艺人结伴同行，彼此熟悉了以后，那两个人就向手艺人说明自己去京城的目的，接着又问手艺人去京城做什么？手艺人回答："我是个木匠，靠自己的双手吃饭，我感到很满足，对苏丹国王没有什么乞求，只想去京城逛一逛开开眼界。"

三个人来到京城后，在一个废墟里过了一宿。第二天那两个人与手艺人告别，径直向王宫走去，晋见了苏丹国王说明了来意，顺便提到那个手艺人不愿意向国王乞求恩赐的事。国王一听感到十分奇怪，当即下令把手艺人召进宫来。

木匠被卫士带进皇宫，国王先问那两个人需要什么。其中一个向国王乞求一袋黄金，另一个说自己还没有结婚，请求国王赐给他一个宫女做妻子。国王当即满足了他们俩的要求，接着又问木匠："你到京城来为什么不愿意见我？"

木匠回答道："陛下，我是个手艺人，只想靠自己的手艺挣钱吃饭，我不想接受任何人的恩赐，向别人乞求赏赐对我来说是一种耻辱。我到京城来只是为了开一开眼界，并没有别的乞求，所以没有必要来打扰陛下。"

苏丹国王觉得木匠的话很有道理，当即赐给他一些金银财宝，可是木匠说什么也不肯接受。于是，三个人离开王宫起程回家。走到半路上，那个背了一袋黄金的人累得实在走不动了，请求木匠替他背一段路程。

再说，苏丹国王因为木匠当场拒绝接受他的恩赐而越想越生气，他派了一名侍从去追那三个人，让侍从将其中那一位既没有黄金又没有携带妻子的人的脑袋砍下带回来复命。

侍从照国王的话去做了，当他把一颗血淋淋的人头呈在国王面前时，国王一看说："你杀错了，这是那个得了一袋黄金的人的脑袋。你赶快追上去，把那个没有得到黄金也没有携带妻子的人杀了，提头来见我！"

侍从第二次领命而去。

正巧，这时得了妻子的那个人要去解手，便把妻子委托给木匠照看。他到一个僻静的地方刚刚蹲下来解手。侍从赶来一看，他既没有带妻子又没有带黄金，便把他杀了割下脑袋回宫复命去了。国王一看人头又连声大叫错了！错了！这回他让侍从把那个背了一袋黄金、领着一位妻子的人找到后带进宫来。

侍从第三次追上去，把木匠和那位宫女一起带回宫来。

苏丹国王冷笑一声，故意问道："你的两位伙伴到哪儿去了？他们怎么没来？"

木匠回答道："陛下，您赏赐给他们黄金和美女，又索取了他俩的性命。我没有向您乞求任何东西，所以我安然无恙。"

苏丹王听了此话十分震惊，于是命令木匠："你必须向我乞求一件东西！"

木匠说："那好吧，我向陛下乞求三件东西。第一，我请求陛下再赐给一些黄金和这一袋黄金一起派人送到两位死者家里，请求他们宽恕陛下的罪过；第二，请求陛下今后不要听信谗言，应该匡扶正义，为政清廉；第三，请求陛下恩准将我的妻子儿女迁到京城，我要靠自己的手艺自食其力。"

苏丹·马合木德国王同意了木匠的请求，并说："我也有三条要

求，希望你能接受。第一请你原谅我的过错；第二希望你经常向我进谏；第三每个礼拜五晚上进宫来跟我见一面，让我享受一次与你交谈的乐趣。”

木匠也接受了苏丹·马合木德国王的请求。

翻译：江 帆

恶有恶报

古时候，有几个人结伴去旅行。一天，他们来到一个乡村。其中有个叫艾克拜尔的人向旅伴们讲述了自己亲身经历的一件事。

他说，有一回我携带一万银币和几个伙伴一块儿去旅行，在一家客栈投宿。为了防止钱袋被人窃走，我偷偷将它埋在一个隐蔽的地方。第二天，因走得匆忙，我竟忘记把钱袋挖出来带走。那一天我来到一个村子才忽然想起把钱袋忘记了，我只好返回那家客栈，找到埋钱袋的地方，幸好钱袋还安然无恙地埋在原地。我把钱袋挖出来后就上路了。当时，天色已晚，我看到前面有个小村庄，便向那里走去。一进村就碰见一位中年男子，我说明来意后，那中年男子十分殷勤地请我到他家去投宿，他热情地招待我用了晚餐，我们在一起寒暄了好一阵。临睡之前，主人对我说道："尊敬的客人，请您就在这儿歇息吧，被褥都在壁柜里，您自己随便用。身上若有什么金银之类的贵重物品，可以交给我暂替您保存，一旦让盗贼知道了，他过一会儿就会赶到这里来的。"我随即将钱袋交给他保管。

过了一会儿，我听到主人和他的妻子在里屋为一件什么事情发生争吵，我心里感到不安，后悔不该把钱袋交给一个初次见面的人去保管。后来，我索性对主人说："亲爱的朋友，我明天一大早就要上路，我不忍心那么早把您叫醒，我想把钱袋放在自己身边，以便随时起程时带走。"

主人二话没说当即把钱袋还给了我。我查看了一下钱袋没有动过，就连盖在封皮上的印鉴也完好无损，我不禁对主人的正直、清白和善良产生了崇敬之心。

不一会儿，主人与妻子的争吵又隐约传到我的耳中。我怀着好奇心悄悄走过去侧耳倾听了一会儿。只听主人的妻子说："你真是个没用的笨蛋、耗子胆！眼看到手的一大笔钱财你却白白把它扔啦……他一个出门在外的单身汉，我们宰了他谁会知道呢？"

我一听此话心里打了个冷战，急忙收拾了东西逃出来，爬上院内的一棵大树，用树枝把自己隐蔽起来。不久，主人的儿子从外面回来。此人嗜酒如命，经常在外狂饮滥赌，搅得家里不得安宁。今夜他又喝得醉醺醺地回到家来，一头栽倒在我睡过的地方昏昏睡去。

半夜时分，男主人早已入睡，只见女主人悄悄从里屋溜出来，手持一块大卵石，钻进我睡的堂屋。因屋内一片漆黑，她误把自己的儿

子当做我，用卵石砸碎了他的脑袋。她不慌不忙地翻找我的钱袋，发现钱袋已经不在了，就去叫醒自己的丈夫，说道："那客人已经被我杀啦，你快点起来，赶天亮之前把尸体埋了吧，然后再去找一找那个钱袋。"

男主人一骨碌从炕上翻起来，一边不停地咒骂妻子的惨无人道，一边向堂屋走去。待他们点燃油灯一看，发现躺在血泊里的不是我而是自己的儿子。女主人惊叫一声，扑在儿子的尸体上哭得死去活来，痛悔不已。

男主人望着这种惨景，对妻子说："这就叫恶有恶报，你为谋害一位无辜者设下陷阱，最后自己掉在陷阱里，现在你哭也没有用。"

痛不欲生的女主人拿起那块砸死儿子的卵石，向自己的太阳穴上猛击一石当即死去。

男主人到处寻找我的踪迹，我便从树上下来站在他面前。男主人说道："唉，尊贵的客人，由于我家里发生了不幸，我未能照顾您，请您多多原谅。您把自己隐蔽起来实在是上策，否则，我那黑了心的妻子和酒鬼儿子也会加害于您的。"

从此以后，艾克拜尔与那位正直的男主人结为生死之交。

翻译：江　帆

阿凡提的故事

国王的同胞

一个雨天,阿凡提赶驴走路。路上积了很多雨水,驴驮得很重,走过后全成了泥浆。驴子走路乏了,就掉到泥里。阿凡提来回地吆驴,拉驴尾巴,但总是拉不起来。阿凡提对驴说:“阁下,走呀,不然我老婆给我舀下的肉汤会凉的。快起来走!”驴子还是不起来。阿凡提就提起一根棍子打它,一边说:“懒东西,起来走,不然我要把你的腰打断。”

这时候,国王走过来了,见阿凡提打驴子,就生气地说:“你为什么这样折磨可怜的驴子呢?难道你不知道为人要仁慈吗?与其这样打它,你不会把驮子卸下放在自己肩上吗?”说完就把阿凡提按到地上打了十棍子。

阿凡提从地上爬起来，对驴子鞠了一个躬说：“啊！驴子阁下，我不知道你是国王的同胞兄弟。”

一面镜子

阿凡提在城市的一条巷道里走着，见有人把一面圆镜子遗失在路上。阿凡提弯下腰捡起来，拿在手里望着镜子瞧了瞧，看见自己的相貌映现在镜子里，感到很不对劲儿，便对着镜子说：“哎！这是你的吗？……我还以为你没有主人，便把你捡起来拿在我的手里。”说着，又将镜子搁在路上，迈开脚步走了。

请求真主

阿凡提家很穷，寒冬腊月，妻子儿女还穿着很单薄的衣裳，屋里差不多断了炊烟。为了不使家人挨饿，他便到巴扎上寻找谋生的出路。

阿凡提来到巴扎一看，集市上的穷人个个都穿得破破烂烂的，他们为了暖和身子，有的躲在店铺里，有的钻进饭馆里。这时，阿凡提站在巴扎十字路口，昂首望着天空，高高举起双手，向真主请求道：“创造万物的真主呀！假若你让世界末日来到，一定要安排在夏天来到，万万不可在冬天来到。如果世界末日是在冬天的话，人间的生灵为了暖身，都会自动跑进地狱的火坑里，辉煌耀眼的八座天堂就会变成空空落落的废地。”

经书皮上挤虱子

一个人犯了罪，心里很恐惧，便去问阿凡提：“阿凡提，你是非常聪明、知识渊博的人。请你讲讲，如果有人捉到虱子，在神圣的经书上往死里挤，会怎么样呢？”

“会发出‘嘎嗞’的声音。”阿凡提说。

偷去了也打不开

阿凡提跟几个人从外地往家走。来到一个繁华热闹的巴扎上歇脚时，他搁下的褡裢被小偷偷去了。同行的伙伴们骂小偷真可憎，一个个站起来摩拳擦掌地要去捉小偷。可是，阿凡提却并不着急，他把茶沏得酽酽的，不慌不忙地坐在茶馆里喝起来。

“阿凡提，你就这样愣愣地坐着吗？你的褡裢里鼓鼓囊囊装满了货物，还不快去跟踪追捕小偷，把褡裢寻回来！”伙伴说。

阿凡提动也不动一下地坐着，若无其事地回答：“嘿，伙计，褡裢两头的口儿我锁住了，钥匙在我的衣服兜儿里装着呐，小偷偷去了他也打不开呀！”

在国王身上犯罪

一天,国王对阿凡提说:“你在我身上犯个罪,还要比我想象得严重一些。”

不久,国王带阿凡提在花园里散步游赏。两人并肩信步来到一处僻静的地方时,阿凡提机敏地在国王的大腿上拧了一把。

“真是无礼的举动!”国王斜瞪了阿凡提一眼,气愤地说。

阿凡提笑悠悠地说:“伟大的国王,敬请宽恕!我还把您当做是王后哩。”

国王听了,由气愤传为暴怒,脚颤手抖地吼叫起来:“放肆!你还想超越过我,去拧王后的大腿吗?!”

“高贵的陛下!我犯的这个罪,不正是比您想象的严重一些吗?”阿凡提说。

到清真寺里去睡

有位客人经常来阿凡提家中,阿凡提很讨厌他。一天晚上,他又探头探脑地来了,阿凡提只给他倒了一碗茶,端去搁在他面前。

客人为弄清楚阿凡提会不会给他做饭,一会儿望望土台子,一会儿望望木床,拐弯抹角地问道:“阿凡提,吃过饭后咱们在哪儿睡呀?”

阿凡提直截了当地回答："伙计，我们已经吃过饭啦，你还是到清真寺里去睡吧！"

在意料之中

阿凡提的妻子脾气很坏，动不动就跟丈夫大嚷大闹起来。一回，她在家中又掀起了一阵狂风，平白无故地把阿凡提数落了一顿。阿凡提没有还嘴，不吭不哈地从屋里走出来，蹲在门口跟邻居闲聊起来。可是，妻子还不肯罢休，端着一盆洗过衣服的脏水，走过来"哗"地泼了阿凡提一头一身。

阿凡提打了个寒战，站起来一边擦着头上、脸上的污水，一边说道："我早就预料到，在家中掀起一股暴风后，接着就会下一场倾盆大雨的。"

由于你老啦

阿凡提行医时，一位年迈的老人拐哒拐哒地来看病。他说："我站起来，坐下去困难；坐下了，站起来又很困难。"

"由于你老啦。"阿凡提说。

"我的四肢抽筋，浑身肌肉抽搐发痛。"

"这是由于你老啦。"

“无论吃什么食物,都消化不良。”

“这也是由于你老了的原因。”

“耳朵有些聋,眼目昏花,看不清东西。”

“这些都是由于你苍老了的缘故呀!”

老头子火了,大声嚷嚷起来:“阿凡提,你算什么医生! 难道你再无别的话可说吗?”

“你动这么大的肝火,也是由于你老了的缘由呀!”阿凡提并不生气地回答。

具体的答复

阿凡提正忙着要去干一件事情,一个人拦住他,问道:“阿凡提,死人是怎么个样子?”

“死人没有生命。”阿凡提回答。

“还会是咋个样?”

“脸上没有血色。”

“他没有生命,脸上又无血色,那算什么呀?”

“是一具尸体。”

“那么,尸体又是什么?”

“哎,这会儿我很忙。”阿凡提说,“眼下我身边没有尸体,一时说不清楚。朋友,如果你现在问我活人是什么样,我一定会对你作出具体的答复:活人正好跟你一模一样。”

叫门

阿凡提在屋里坐着,有人来到他家门口,“哐哐哐”不停地使劲敲起大门来。阿凡提连忙起身去开门,边走边说:“来啦,来啦!”可是,那人还是猛擂大门,并越擂越凶。阿凡提走到院里,顺手提了把斧子来到门口,从门槛底下塞出去。

“阿凡提,你给我斧子干吗?”那人惊讶地问道。

“伙计,”阿凡提说,“你既然是来砸我家大门的,用拳头砸你的手会疼的;我索性给你一把斧子,你用斧子把大门劈开进来,这多省事!”

采录:秀库尔·牙里克

翻译:赵世杰　马俊民等　采录地:克孜勒苏柯尔克孜自治州等地

阿尔达尔考沙的故事

阿尔达尔考沙娶亲

古时候，有一个名叫拜尔麦斯的巴依，他特别有钱，可是却极为吝啬，甚至连亲戚都不接待。阿尔达尔考沙听到后，便打算狠狠把他惩治一下。

晚上，阿尔达尔考沙来到拜尔麦斯巴依家门前，轻轻把门推了个缝，偷偷看了一下。此时，巴依家正忙碌着。屋中的锅里水正沸滚着，巴依坐在地毡上，正在用马肉灌着马肠。他老婆则在一边忙着和面。两个仆人，一个在火上烧烤羊头，一个在拔野鸡毛。阿尔达尔考沙看清楚后，推开门走了进去。

“你们好！”阿尔达尔考沙说。屋里的人都吓慌了，一个个连忙把手中的东西压到屁股下藏了起来。

“你来了，阿尔达尔考沙。有什么新鲜事讲一讲吧。”拜尔麦斯巴依十分勉强地搭讪道。

“说哪方面的呢？是听到的，还是看到的？”阿尔达尔考沙说。

“耳闻的事都是假的。你说亲眼见到的吧。”拜尔麦斯巴依说。

“好，”阿尔达尔考沙说，“有一次，我到一个像你一样的人家去时，半路上看到了一条黄蛇。那蛇就和你屁股下的马肠一样，盘卧着拦住了我的去路。我找了一块和你那个仆人屁股下的羊头一样大的石头，朝蛇猛砸过去。还算幸运，我一石头就砸准了，蛇一下子就如你老婆屁股底下的面一样瘫在了那儿。若是不相信的话，你们可以像拔野鸡毛似的把我的头发拔掉。”

巴依只好把马肠、面、羊头和野鸡拿出来放到锅里，可是却拿着勺子边搅弄锅里的汤，边说道：“我的锅呀，你现在别开，六个月以后再开。”

阿尔达尔考沙听后，哈哈大笑道：“我要在这儿住十个月。”

说完，脱下靴子，十分舒服地躺下睡了起来。他一直睡了很久才醒来，睁开眼睛一看，所有的人都沉睡了。于是，他悄悄起来，把锅里的马肠、野鸡、羊头肉和面捞出来，放在一个盘子里，痛痛快快饱餐了一顿。吃完后，他把满是油腻的马笼头、马肚带等东西扯碎放进锅里，添了几把柴让锅开起来，就躺下假装又睡着了。

不久，巴依也醒来了。他见阿尔达尔考沙仍睡着，便悄悄摇醒老婆，低声说道：“快把仆人叫起来，把饭端来吃！”

迷迷糊糊的仆人把锅里的汤盛了一碗端到了巴依的面前。巴依先捞了一块肉放进嘴里，可是肉怎么都嚼不烂，便喊了一句：“煮得时间太长了，肉都老了，无法吃了。”就只好饿着肚子睡去了。

次日早晨，巴依要到草场看一下自己的羊群，临走时对老婆说：

"老婆子,别让阿尔达尔考沙看到,快给我装一坛子马奶子,我要带到草场上去喝。"

巴依的老婆赶紧悄悄装了一坛子马奶子给了巴依。巴依接过坛子便藏在了袷袢下。但是,这一切都没瞒过阿尔达尔考沙,他都看到了,立即起身走上前去,说道:"巴依大哥,我要向你告辞了!"

说着,假装热情拥抱把巴依紧紧抱了起来。结果,巴依一松手,坛子掉在地上摔碎了。后来,巴依又让老婆背着阿尔达尔考沙给他烤馕,巴依把烫手的热馕揣进怀里,朝草场走去。阿尔达尔考沙看到后,便从后面跟上去再次和他紧紧拥抱着道别,热馕贴在巴依的胸上,烫得他闭上眼连声喊道:"哎哟,烫死我了!"接着,巴依迅速把馕从怀里掏出来,扔给了阿尔达尔考沙。

晚上,巴依又累又饿地回来了。他见阿尔达尔考沙仍坐在炉前烤着手,心里不禁骂道:"哼,恶鬼!"就悄悄地对老婆说:"今天夜里我要把阿尔达尔考沙的马宰掉!他一怒之下,就会快快滚蛋的。"

巴依和老婆说的悄悄话,阿尔达尔考沙全听到了。他悄悄溜到马圈,把自己的马额头上的白斑用牛粪涂掉,又用石灰在巴依的马的额头上画了个白斑。

半夜,巴依对阿尔达尔考沙大声喊道:"喂,你的马病了,在马圈里乱蹦乱跳,马上就要死了。"

阿尔达尔考沙从被子里把头伸出来,好像还酣睡未醒似的,说:"快宰了吧,别让它死了吃不成了。"

巴依飞快地来到马圈,把头上长白斑的马拉过来干净利落地宰了。次日早晨,才发现是把自己的马宰了。巴依吃了这么个大亏,心里把阿尔达尔考沙恨死了，可是却想不出一个报复的办法。赶吧不成，因为赶客人是件极丢人的事。下逐客令吧也不成，同样会叫别人笑话。但是，阿尔达尔考沙没有一点要走的意思，还想在巴依家待一阵子。

巴依有个名叫艾提莱斯阿依的女儿。艾提莱斯阿依长得很美，就像刚用水喷过的鲜花一样。她脸似圆月，眼睛乌亮俊美，身子匀称。阿尔达尔考沙一眼就看上了她，想把她娶回家，可是又不敢托人说媒。

一天，巴依要去邻村拜节，从箱中翻出一件艾提莱斯绸的袷袢，对老婆说："老婆子，这个礼拜给我做一件艾提莱斯绸的袷袢，这件已经破了。"说完，就去看他的羊去了。

阿尔达尔考沙一听，计上心来，连忙从后面追上去，说道："巴依大哥，我准备走了，给我也给些艾提莱斯吧？"

巴依一听阿尔达尔考沙要走，真是求之不得，心想我这下可清静了，便高兴地说道："好，拿去吧！去，给我老婆讲一下就成。"

于是，阿尔达尔考沙便转回来，对巴依的老婆说："听到了吗？巴依大哥让把艾提莱斯阿依给我。"

老婆子一听大怒，叫喊道："你病了吗？想要我把女儿嫁给你这个穷光蛋！"

阿尔达尔考沙不慌不忙地说："你要是不信，走，我们去问问巴依！"

他们从房子里走出来，阿尔达尔朝远去的巴依喊道："喂，巴依大哥！……"

阿尔达尔考沙下面的话还未出口，就见巴依从远处甩了甩手，答道："给他，让他快走吧！"

巴依的老婆只好叫出女儿，给了阿尔达尔考沙。阿尔达尔考沙让姑娘骑在自己的身后，把马抽了一鞭，欢快地唱着歌走了。半路，他看到一个正在犁地的农民，便问："这是谁的耕牛？"

农民答说："是巴依的，拜尔麦斯巴依的。"

阿尔达尔考沙说："朋友，看来你已经很累了。你躺在一边歇会儿，把牛交给我，我来犁。"

农民把牛交给了阿尔达尔考沙，自己则到一边躺下睡了起来。阿尔达尔考沙一边笑眯眯地看着自己娶来的媳妇，一边赶着牛唱着歌往前走。忽然，他感到后面好像有人骑马追来，扭头一看是拜尔麦斯巴依。阿尔达尔考沙抽出刀，一刀割下牛尾巴栽在地上，把牛和媳妇带到山后藏好，回到大路上，蹲在牛尾巴旁装着十分悲痛的样子号啕大哭起来。他边哭边喊道："天呀，我贤良的妻子，你把我撇下到哪儿去了？哎呀！我的艾提莱斯阿依……"

巴依来到跟前，问道："该死的，我的女儿和牛在哪儿？"

阿尔达尔考沙装着更加悲切的样子，哭喊道："哎呀，我的巴依大哥，您的牛性子太坏了，它只玑不犁地。我用棍子打了一下，它就抵您的女儿。您的女儿吓得逃进了地底下，牛也跟着追了下去。您自己瞧，这不是牛尾巴还露在外面呢。"

"你说什么？"巴依惊问道，"我的牛也能进到地底下去？"说着，便抓住牛尾巴用尽全力拽了起来。

"您在干什么呀，我的巴依大哥！"阿尔达尔考沙说，"你这样会把牛尾巴拽断的!”

拜尔麦斯巴依使尽一拽,把牛尾巴拽了出来。这时,阿尔达尔考沙喊道:“看,我说你要拉断的,怎么样?”说完,就上路走了。路过山后时,他骑上马带着艾提莱斯阿依,赶着牛回家去了。

阿尔达尔考沙回到家里,就和艾提莱斯阿依成了亲,过起了幸福的生活。

阿尔达尔考沙的骆驼

阿尔达尔考沙打算做买卖。他原先干活攒了些钱,又从朋友那儿借了一点,再加上将自己的半截皮大衣当在布哈拉一个奶商那儿,买了一峰骆驼。

阿尔达尔考沙把骆驼牵回家,拴在院子里的桩子上,抚摸着骆驼的臀部说:“这是我自己的骆驼,这是我自己的骆驼。”

阿尔达尔考沙有了骆驼,便美滋滋地站在骆驼旁盘算起来:“我这下可有了往远方运货的东西了。我要从麦尔海朗买上丝绸,从布哈拉买上锦缎,从撒马尔罕买上瓷器,用骆驼驮到巴格达去……不,我为什么要到巴格达去?我要到埃及去。不,我不到埃及去,我要到赞伊拉去。在那儿把货卖掉,赚些钱回来。回来后,我要买一块地,一半种香草,一半种麦子。不行,种上麦子,我的邻居江巴依的那峰该死的骆驼就会钻进去吃。如果是那样,我就把鞋脱掉,到地里把他的骆驼抓住。”

这时，突然听到一阵叫喊声："把你那该死的骆驼牵走！"

阿尔达尔考沙定神一看，身旁的骆驼不见了。他不禁吓了一跳，急忙奔出院门，只见江巴依正沿着麦地的边埂，边跑边挥着拐杖冲着一峰骆驼喊："把骆驼牵走！喂，滚！你这个坏蛋生下的畜生，把我的麦子都踏坏了！"

阿尔达尔考沙近前一看，着急了。原来，正是他的骆驼在巴依的麦地里，像在戈壁上吃骆驼刺一样津津有味地吃着麦苗。他温和地问江巴依："巴依大哥，您怎么啦？"

"你没看见吗？"江巴依说，"把我的麦子都踏坏了，这是谁的骆驼？哼，我要把它的肋条打断。"

"这么好的骆驼你还舍得打它吗？"

"看来这一定是你的骆驼！"

"不错，是我的。"

"混蛋，那你得赔偿我的损失！"

"巴依大哥，别生气，我去把它赶出来。"

"不行！等你把它从地里赶出来，我的麦子都被踏坏了。"

"那怎么办呢？"

"把它举出来！"

于是，阿尔达尔考沙便走进麦地，想方设法把骆驼举出了麦地。然而，这比把它赶出来更糟，因为这样一来把所有的麦子都踏坏了。

江巴依很生气，他把阿尔达尔考沙告到了喀孜那儿。但是喀孜却对他没有办法，因为阿尔达尔考沙是这样为自己辩护的："是巴依

叫我到田里把骆驼举出来的。我很好地执行了他的命令。事情就是这样。”

阿尔达尔考沙的驴

一天，阿尔达尔考沙骑着驴，赶着两头驮着货的驴冒雨回赛麦尔村。半夜，来到了邻近赛麦尔村的艾里木村。村里的道路泥泞不堪，无法行走，可是艾里木村的人却没有谁来把路垫得好走一些。

阿尔达尔考沙赶着驴来到艾里木村的巴扎上，驴陷进一片泥沼里去了。他拼命叫喊，想叫人来帮他一下。可是，叫了半天也没见有人来，因为人们都进了被窝。驴越陷越深，阿尔达尔考沙费了九牛二虎之力，才从驴背上卸下一袋豌豆。

天快亮时，驴陷得只剩下两个耳朵了，阿尔达尔考沙急得差点儿大哭起来。这时，他见江巴依正向他走来，心中顿时有了主意。江巴依是从赛麦尔村路经这里的。他看见阿尔达尔考沙，便问：“喂，阿尔达尔考沙，你坐在这儿干什么？”

“你好，巴依大哥。”阿尔达尔考沙说，“坐在这儿歇一会儿吧！”

“泥沼中露出的是驴耳朵吧？”

“我在种驴。”

“你说什么？”

“我昨天种下了三个驴种，今天开始发芽了。”

“我只听说过种稻子、种麦子、种棉花，可从没听说过种驴！”江巴

依大为惊奇地说。

“你没长眼睛？这不是驴已经发芽了嘛！”阿尔达尔考沙指着驴耳朵说。他嘴上虽然这么说，心里却在暗暗说：“驴耳朵，你可千万不要陷下去！”

江巴依问：“什么时候种驴？什么时候结驴？什么时候驴熟？驴什么时候能驮货……”

“一个月后。”阿尔达尔考沙说，“你是要我发誓吗？行了，行了，你把我的头都闹昏了，你快走你的路吧！”

阿尔达尔考沙嘴上虽这样说，心里却在暗暗说：“这家伙够有意思。”

“你还有驴种吗？”江巴依动心了。

阿尔达尔考沙没答话，只是笑了笑，指了指一袋子豌豆。江巴依的贪欲被逗引了起来，他拿定主意要把那一袋驴种都买下，种出成群结队的驴来。于是，便对阿尔达尔考沙说：“把驴种卖给我一些吧？”

阿尔达尔考沙假装不愿卖。江巴依不知费了多少口舌，阿尔达尔考沙才松了口。经过一番讨价还价，最后江巴依用十枚金币，外加上自己的乘马换来了一袋豌豆。

阿尔达尔考沙把一袋豌豆交给巴依，骑上巴依的骏马策马飞奔而去。据说，江巴依在那个地方一直待了很长时间。

翻译：王黎明等

固执者的结局

两个旅行者骑马穿越戈壁滩，其中一个视力极差。傍晚时他们来到一个避风处过夜。第二天早晨起程上路时，视力差的旅行者在地下摸索着寻找自己的马鞭，可无论如何也没有摸到。最后他的双手无意中摸到一条快要冻僵的蛇。他以为找到了一条新马鞭，便紧紧地捏在手中。

另一个旅行者发现后急忙跑过来告诉他："朋友，那不是马鞭，那是一条毒蛇，赶快扔掉它，不然，它会伤害你的。"

视力差的旅行者心想：哼，也许是他自己想得到这条又柔软又光滑的马鞭吧。便不以为然地说："虽说我丢了一条旧马鞭，可我毕竟找到了一条更好的马鞭，这也算是一种福分吧，我怎么能扔掉自己的幸福呢。"

伙伴一听急得直跺脚，说："唉，你这个人真固执，我完全是为了你好，才向你提出这个忠告的。"

视力差的旅行者非但不听，反而生气地说："得了吧，我知道是你自己看中了这条马鞭，才编出一些可怕的事来吓唬我。可我决不放

弃这条马鞭，谢谢你的好意。”

说话间，一轮红日冉冉上升，大地开始变暖，那条被冻僵的蛇渐渐醒了过来，在视力差的旅行者的手上咬了一口，蛇毒很快扩散到全身，最后他痛苦地死去了。

翻译：江 帆

光 石

从前，在一个地方有一个名叫古丽琪哈莱的姑娘。

一天，古丽琪哈莱到野外去采花，来到一座森林里，发现了一座城堡。城堡的大铁门紧闭着，四周长满了各种花草，草地上没有任何人走过的痕迹，看样子很久没有人到过这里了。她朝城堡的大铁门走了几步后，草地上突然出现了一条路。又走了两三步，铁门“哗”的一下自动开了。古丽琪哈莱刚走了进去，铁门又“哗”的一声关住了。这一切使古丽琪哈莱大为惊异，她不禁愣在了那儿。

这时，天已黑了，古丽琪哈莱回又回不去，只得壮起胆子朝城堡深处走。城堡里到处点着蜡烛，借着烛光，可以看到城堡里有许多房屋。古丽琪哈莱一边东张西望，一边信步朝前走着，不知不觉走到了房屋的尽头。她想看一看屋里究竟有些什么，便转身走进了最后一间房子。

古丽琪哈莱进去一看，一个年轻人躺在床上。她猜想这个年轻人大概是这里的主人，也许能帮她走出城堡，便满怀希望走上前去准备叫醒他。可是，她走到跟前，才发现年轻人原来是僵死的。这下可把古丽琪哈莱吓坏了，她正要跑出房外，突然发现年轻人的腿上像头发一样密密麻麻扎满了针。古丽琪哈莱当即从壁龛里找出一面镜子，放在年轻人的嘴前，看看他还有没有气息。不一会儿，年轻人嘴里徐徐吐出了微弱的气息，致使明亮的镜面模糊起来——他还活着呢！

于是，古丽琪哈莱下决心一定要救活这个年轻人。她一连几天不歇气地拔着针，每拔出一根针，就在针眼上涂一点药膏。当还剩下最后几百根针时，古丽琪哈莱已累得筋疲力尽，两眼不住地打着架，再也无法继续拔下去了。这时，她忽然听到从街上传来一阵阵铃声，连忙跑出去朝墙外一看，原来是一支商队。古丽琪哈莱忙把商队首领喊住，说道："请你给我留下一个侍女，你要多少钱都行。"

商队首领指着一个女人说道："这是一个极坏的女人，我因无法摆脱她，只好带着。我就把她留给你吧。"

商队首领说完，留下那个女人走了。商队走后，古丽琪哈莱把那个女人从城堡外领进房子里，对她吩咐道："你把这个年轻人腿上剩下的针拔出来，我躺一会儿。"

就这样，古丽琪哈莱躺下了，不久就进入了甜蜜的梦乡。年轻人腿上的最后一根针被拔掉以后，他犹如大梦初醒打了一个哈欠，从床上爬了起来。这时，那个坏女人乘机对年轻人说道："是我把你从死

亡中救了出来。”

年轻人指着正在酣睡的古丽琪啥莱问道:“这是谁?”

那个坏女人答道:“是我买来的侍女。”

接着,她便假编了一套她怎样进城堡,又怎样从商队那儿买了一个侍女的谎言讲给了年轻人。年轻人也把自己的遭遇讲了一遍,说他原来是一个英雄,敌人乘他熟睡把他绑了起来,又在他腿上扎满了针,关进了城堡。

之后,坏女人把古丽琪哈莱一脚踢醒,喝骂道:“该死的,我买你来不是让你白吃的。起来,给我干活去!”

古丽琪哈莱有口难辩,只得哭着去干活。随着光阴的流逝,年轻人的身体一天天好起来了。一天,他对坏女人说道:“我要进城去,你想要些什么东西?”

坏女人便要了许多值钱的东西。接着,年轻人又问古丽琪哈莱:“你想要什么东西呢?”

古丽琪哈莱说:“请你给我买一块光石。”

年轻人进了城,来到铺子里买光石。铺子的老板觉得很奇怪,便问道:“这种石头只有去打仗的将官才需要。他们一说话,石头就会闪光燃烧。你要它有什么用呢?”

年轻人说:“你别管,我要买。”

回到城堡后,年轻人把光石给了古丽琪哈莱,然后藏在一边看她要光石究竟干什么。只见古丽琪哈莱坐在厨房里,对着光石又是哭又是笑,把自己的不幸全都向光石倾诉了。当古丽琪哈莱刚开始诉说时,光石就开始闪光燃烧起来。等她把自己怎样不分昼夜为年轻

人拔针，怎样把那个坏女人当做侍女买回来，现在又怎样受折磨的事都讲完的时候，光石已变成了一片熊熊烈火。最后，古丽琪哈莱决意不再活下去了，便一纵身向熊熊烈火里跳去。

就在这时，年轻人一下子冲过去，一把抱住古丽琪哈莱，把她搂在自己的怀里。此后，他们把那个坏女人赶出了城堡，并举行了隆重的婚礼，过着幸福美满的日子。

翻译：苏　由

聪明的青年

有一位德高望重的人，他有一个很漂亮的女儿。这个人极为钟爱女儿，爱她胜过爱自己的生命。但是，有一件事却使老人很着急，这就是女儿的婚事。他想：我年事已高，已经是一只脚在人间，一只脚在坟墓里的人了，可是女儿至今还没有丝毫出嫁的意思，这可怎么办呢？

一天，他实在忍不住了，便把女儿叫到身边，问道：“孩子，许多聪明能干的小伙子托人来求亲，你为什么都一一回绝了呢？”

姑娘听后，好一会儿什么都没说。后来，她给父亲讲了个故事：“一天，我做了个梦，梦见自己来到了一座十分美丽的花园。花园里有一对黄羊在吃草。结果公黄羊不小心被兽夹夹住了。母黄羊看到

公黄羊遇到了危险，便不顾一切地冲过去咬起兽夹。它咬呀咬呀，最后终于咬坏兽夹救出了公黄羊。后来，母黄羊也不慎给兽夹夹住了。它一边挣扎，一边悲哀地惨叫着。可是，那只公黄羊却不去救母黄羊，若无其事地在草地上悠闲地吃着草。我看到母黄羊可怜的样子，心中非常难受，忍不住哭了起来，结果哭醒了。亲爱的爸爸，从此我就立誓决不嫁人，独身过一辈子。"

老人听了女儿的话直摇头，他想说服女儿回心转意，可一时又找不出反驳女儿的话来。

在老人居住的那座城里，有一个聪明的小伙子。他看到了老人的女儿，便深深地爱上了她，托人到姑娘家去说亲。老人热情地接待了媒人，媒人说："我们的小伙子给你当个女婿，怎么样？"

"我倒没啥，可是我的女儿立誓不嫁。"老人说。

"为什么？"媒人问。

老人便把女儿的梦给媒人讲了一遍。并说，她立誓要独身了此一生。

媒人转回后，便把老人的话一字不漏地转告给小伙子。后来，小伙子来到老人家，找到姑娘的奶妈，乞求道："让我到花园里去看一下姑娘吧！"

起初，姑娘的奶妈怎么也不答应。后来，被小伙子缠得没有办法，只好说道："这样吧，你就装着身子不太舒服，我领你到花园中的凉亭里躺下，这样你就能看到姑娘了。"

就这样，小伙子按照姑娘奶妈的话进了花园，躺在凉亭里。姑娘带着自己的贴身丫环在花园里游玩，突然看到一个英武的小伙子躺在凉亭里，便赶忙躲进树丛后，透过浓密树叶的间隙，长久地打量起小伙子来。后来，她怕被小伙子看到，便带着丫环赶紧回屋去了。其实小伙子并没真睡，他半闭的眼睛把姑娘饱看了一顿。

时间一晃，几天过去了，小伙子又想去看姑娘。他又来到老人家里，向姑娘的奶妈乞求："放我进花园去吧！"

这次，姑娘的奶妈把小伙子装扮成女孩，让他混在前来赴宴的女客中进了花园。女客们在花园里尽情玩耍，她们又是唱又是跳。小伙子混在女客中多次和姑娘接近，并亲手送给她一碗茶。姑娘到底认出没认出这钟情的小伙子，谁也说不上，反正姑娘一直对这事保持缄默。

事后，小伙子又托人去求亲，仍遭到姑娘的拒绝。后来，小伙子想起了姑娘的梦，他请了一位雕刻家来到家里，让他雕了一幅画：一只母黄羊被兽夹夹住了，公黄羊用蹄子弄坏兽夹，把母黄羊从死亡中救了出来。

画雕好以后，小伙子把老人和姑娘请到家里来做客。姑娘一进小伙子的家，就看到了那幅雕刻，心下不禁吃了一惊。临走时，小伙子给姑娘的奶妈送了许多礼物，请她帮忙玉成此事。晚上，姑娘便把看到的那幅雕刻讲给了奶妈。

"奶妈，那幅雕刻不对。"姑娘说，"我梦见的是母黄羊救了公黄羊，而公黄羊却不愿去救母黄羊。"

"孩子，梦都是相反的。"奶妈说。

次日，小伙子穿上最好的礼服来到老人家。他在花园里碰到了姑娘，他用自己英武的相貌和甜蜜的话语终于赢得了姑娘的心。后

来，姑娘来到父亲跟前，表示自己愿意嫁给小伙子。

于是，老人举行了隆重的婚礼，并邀请了全城的人参加。就这样，小伙子终于实现了自己的愿望。

翻译：苏　由

智慧与富有

一个老人有四个儿子。一天，老人把他们叫到跟前，说道："孩子们，我老了，腰也弯了，要在你们中选一人做一家之主。你们中谁既有智慧又富有，谁就是我的继承人。现在，你们每个人都给我说一说自己的情况。"

大儿子伸出自己的手，指着镶有绿色宝石的戒指，说："这就是我富有的标志。富有的人自然会有智慧。"

二儿子指着身上的金线袷袢，说："人们见了我都称赞我的智慧和富有。"

老三则指着自己嵌着银饰和宝石的腰带说："无论谁，恐怕一生都没见过这样的腰带。"

老人听着三个儿子的话直摇头，却什么话也没说。最后，他问最小的儿子："你为什么不吭声？你准备夸耀什么财富呢？"

老四说道："我既没有镶有绿色宝石的戒指、金线袷袢，也没有价值昂贵的腰带。但是，我有一双不怕苦的手、一颗勇敢的心和一个智慧的头脑。"

老四的回答使老人很满意。三个哥哥听了他的话都羞愧无言。老人便把他的一切财物都作为遗产留给了最小的儿子。

翻译：苏　由

赛海和彼海勒[1]

赛海是一个很慷慨的人，为人非常大方，而彼海勒是个吝啬鬼，为人极小气。一天，他们结伴出门远游。路上，彼海勒从不打开自己的水袋和食袋，净吃赛海的干粮，喝赛海的水。

一天，赛海和彼海勒走累了，便坐在一个干涸的湖边歇息。这时，彼海勒便拿出自己的干粮和水，也不让让赛海，独自吃喝了起来。这时赛海的干粮和水都没有了，他又渴又饿，便对彼海勒说道："朋友，也给我一些吧！"

谁知，彼海勒把脸一翻，厌恶地说："不行，我才不愿落个和你一

① 赛海、彼海勋：赛海意为慷慨的人，彼海勒意为吝啬鬼。此处用做人名。

样的下场。”

他说完，抹了抹嘴，把朋友撂在湖边，骑上骆驼就走了。赛海见彼海勒翻脸不认人，心中十分生气，只得忍住饥渴骑上骆驼继续上路。后来，实在渴得不行了，便顺手拔起一把青草塞进嘴里嚼了起来。没想到竟出现了一桩奇迹，赛海一下子就通晓了各种鸟兽和花草的语言。原来，他嚼的是一种神奇的草，谁吃了它谁就能通晓一切鸟兽和花草的语言。

入夜了，赛海停下来决定在沙滩上过夜。可是，他躺在沙子上，怎么也无法入睡，因为这时他又饥又渴。天黑以后，不知从哪儿爬来了两只乌龟。只听得一只乌龟说道：“太有趣了。这个傻瓜快渴死了，可是他只要再走半个小时，就能找到井。井旁的台子上还有一个放牧人，他又有奶子又有肉。”

赛海惊异得简直有些不相信自己的耳朵，但他还是抱着一线希望，骑上骆驼走了。半个小时后，他果真找到了那口井。赛海喜出望外，他打出水美美地痛饮了一顿。然后，又到放牧人的家里做客，吃了一顿饱饭。次日，赛海灌满水袋，又从放牧人那里买了好多食物装进食袋，然后骑上骆驼继续上路了。彼海勒抛下赛海后，也没往别处去，他悄悄地跟在赛海的后面走着。这时，他见赛海给放牧人付钱时那样大方，才知道他的朋友竟然很有钱。彼海勒顿时眼红起来，悄悄地尾随赛海来到一个村庄，乘赛海熟睡的时候偷走了赛海的钱袋和骆驼。

赛海一觉醒来，发现全部东西都被人偷走了，心中十分难受，但又无计可施，只得找了根棍子拄着上路了。走了一段路后，看到两只喜鹊落在一个墙头上说话。

“你窝里的金币是哪儿弄来的?”一个喜鹊问。

“那棵高高的白杨树下有一只老鼠,”另一只喜鹊说,“它知道国王的七个宝库。它从这些宝库里偷了很多金币到它的洞里。我就是从它的洞里把金币偷出来的。那只老鼠是个瞎子,它什么也看不到。”

赛海便来到那棵白杨树下挖了起来,一直沿着鼠洞挖了条通向国王七个宝库的暗道,拿了许多金币来到城里,住进一家客栈。赛海自己是个平民百姓,要这么多钱无用,便处处解囊帮助穷人,使他们由悲愁转为欢乐。彼海勒见赛海发了财,慷慨地向人们施舍,不禁对赛海嫉恨起来。贪欲和嫉恨使他彻夜不能入睡,便连夜到王宫去见国王。

“国王陛下,您的京城中的一家客栈里住着一个贼,请您快派人去抓。”

国王当即派人来到了客栈,找到赛海,夺过他的钱,把他押到国王跟前。

“你这个该死的贼,”国王大吼道,“明天我就把你绞死!”

赛海等国王说完,便把自己的身份和来历都讲给了国王,说明自己不是贼。可是国王根本不愿听他的话,把从赛海那儿抢夺过来的钱收进宝库,把他关进了监狱。

赛海坐在阴暗的牢房里思忖道:这灾难是从哪儿降临的?这时,从一个洞里钻出两只老鼠交谈了起来。

“公主的眼瞎了。人们都为美丽的公主可惜。”一只老鼠说。

“谁要能治好公主的眼睛,国王就给他和他一样高的一堆金子。”另一只老鼠说。

“但是,人类都是笨蛋。”第一只老鼠说,“其实,治好公主的眼睛很容易。湖边有一个名叫阿不都拉的秃头牧羊人,他的羊群里有一只长着疥癣的山羊。只要把这只山羊的胡子拔两根,烧成灰抹在公主的眼睛上,她就能重见光明。”

老鼠钻回洞以后,赛海便对着守门的叫道:“喂,我是医生,我会治病。”

可是,他喊了很长时间也没人理睬他。后来,狱官看他叫个不停,只好来到国王面前跪下说道:“陛下,监狱里有一个人一直不停他叫着,说他是医生会治病。”

国王一听,当即命令狱官:“把他给我带来!”

于是,赛海被带到了国王面前。国王一见是赛海,声色俱厉地说道:“原来是你这个贼!你为什么叫喊?”

赛海说道:“我不是贼,我是著名的医生。我只要一会儿功夫就能治好公主的病。”

国王虽不相信他的话,可是治女儿的病要紧,只得让赛海去试试。国王的侍卫把赛海带到湖边,赛海一打问,果然有一个名叫阿不都拉的牧羊人。他找到那只长疥癣的山羊,把山羊胡子拔了一半带到王宫,烧成灰抹在公主的眼上。结果,公主的眼睛真的好了。这下,国王高兴得不知如何是好,他不仅赐给赛海许多金子,而且连身上的王袍也脱下赐给了赛海。

就这样,赛海穿着华贵的王袍,背着一袋沉重的金子欢喜地走出了王宫。彼海勒看到了,来到他跟前鞠了一躬。

“你要干什么?”赛海警惕地问。

彼海勒说："我不明白，是什么原因光是让你交红运，让我交黑运？在你又渴又饥时，我为了试探你，故意把你撂在了湖边，可是没过多久，你就找到了井，还在放牧人的家里做了客。我又第二次试了你一下。没过一天，你又发了财。我又进行了第三次试探，故意告发了你。你被国王没收了钱财，关进了监狱。可是，我并没有因此而得到赏赐，反而被撵出王宫挨了国王侍卫的一顿棍子。现在，你却又发了财。请你解释一下，这是为什么？"

赛海听了，不仅没计较，反而原谅了他，并把自己吃了一种奇异的草的前后经过统统讲给他听了。

"你只要吃了那种草，就能通晓所有鸟兽花草的语言，知道世界上的一切秘密。"赛海最后说。

彼海勒一听，都没顾得上说一声感谢，就骑上骆驼找那种草去了。他找到草吃了下去，果然也通晓了一切鸟兽花草的语言。这时，贪心的彼海勒自言自语地盘算开了："我若只听乌龟、喜鹊、老鼠那样小动物的话，只能知道些小秘密。不成，这不划算，我要听大动物的话。只有听大动物的话，才能知道大秘密，发大财。"

拿定主意后，彼海勒便去寻找大动物。后来他终于发现，每到傍晚，总有狮子、老虎、狼和狐狸从一个洞里跑出来。

"我去听一下它们说些什么。"彼海勒高兴地自语道。

但是，彼海勒是个胆小鬼，他犹豫着不敢走进洞去。最后，贪心终于战胜了怕死，他钻进了猛兽的洞穴。

天快亮时，猛兽一个接一个地回洞了。

"洞里有人味。"狮子说。

“嗯，不错，是有人味。”老虎也说。

“有人，不假。”狼开始嗅了起来，“我们的食物自己送上门来了。”

就这样，猛兽抓住彼海勒，把他吃掉了。

翻译：苏 由

骗人的懒汉

很早以前，有个名叫苏勒排尔的懒汉，居住在一座大城市里。一天，他忽然觉得打铁这个行业挺不错，因为他感到铁匠们没费多大劲日子就过得很好。于是，他便在巴扎中心开了一个铁匠铺，开始打铁。

铁匠铺开张的消息很快传遍了全城和城郊的村庄。一天，一个农夫带着一块铁来找苏勒排尔。

“你用这块铁给我打个犁头。”农夫说。

“好！”苏勒排尔说。

农夫放下铁就走了，苏勒排尔便开始动手打造犁头。可是，他打了很长时间也没能打出犁头，因为他根本不知道犁头怎样打。虽然他费了不少劲，可打出来的却不成个东西。第二天，农夫来取货了。

“犁头打好了吗，师傅？”农夫问。

“你这块铁不够打犁头，打把斧头还差不多。”苏勒排尔答道。

“好，你就打把斧头吧。”农夫说。

苏勒排尔又开始打斧头。可是，仍没打成。次日，农夫又来取斧头。

“师傅，斧头打出来了吗？”农夫问。

“这块铁不够打斧头，只能打一把镰刀。”苏勒排尔说。

“成，就打把镰刀吧。”农夫说。

苏勒排尔开始打镰刀，又没能打成。

农夫来了，问道：“怎么样，师傅，镰刀打出来了吗？”

“没有，用这块铁打不出镰刀，我给你打一把铁锨吧？”苏勒排尔说。

“好吧，那你就打把铁锨吧。”农夫说。

第二天，苏勒排尔又打了整整一天，但仍没能打出铁锨。

“怎么样，这次该打好了吧？”农夫问。

“唉，这块铁看来只好打把火剪了。”苏勒排尔说。

“那就这样吧，打火剪。”农夫说。

农夫走后，苏勒排尔就开始打火剪。

“火剪打好了没有？”次日，农夫来问。

“这块铁没法打火剪。”苏勒排尔说。

“噢，那能打什么呢？”

“能打小刀子。”

“那你就打成小刀子吧。”

第二天，农夫来取刀子。

“刀子打出来了吧？”农夫问。

“没有，这铁打不出刀子。”苏勒排尔说。

“师傅，那么这块铁究竟能打成什么呢？”农夫生气地问道。

苏勒排尔想了一下，说道：“能打‘扑哧’。”

“既然能打‘扑哧’，你就给打‘扑哧’吧。”农夫说，“但不要太费事了。”

“好！”苏勒排尔答道。

又过了一天，农夫来了，他问：“‘扑哧’打好了没有？师傅。”

苏勒排尔这次满有信心地说道：“嗯，现成的。”

“在哪儿？”

“这不是？你听着！”说着，苏勒排尔便夹了一块烧得通红的铁块扔进了水里。铁块一落水，便发出了“扑哧”声。于是，他对农夫说道：“好了，你拿走吧。”

农夫气得咬着嘴唇什么都没说，转身就要走。这时，苏勒排尔忙跑过去，拦住农夫说道：“喂，你把钱付了！”

农夫一听，便把袋里的钱弄得乱响了一阵，然后对苏勒排尔说：“这不是？你把这‘响声’拿走吧。这不就是你哄人的办法吗？”

从此，人们都说苏勒排尔是个不会打铁的骗子，谁也不来找他，他的铁匠铺只得关门了。

翻译：苏　由

两只箱子

过去，在一座森林的边上，住着一个老头和他的老婆。老婆是老头后娶的。她来到老头家时，带来了一个女儿，名叫肯慕麦提。老头的前妻也留下了一个女儿，名叫祖慕莱提。

祖慕莱提是一个漂亮、聪明和有礼貌的姑娘，而肯慕麦提则又丑又蠢、又懒又娇。即便如此，肯慕麦提还自以为了不起，看不上这，瞧不起那，整天不是吵就是嚷。

祖慕莱提有个习惯，每天早晨、中午和傍晚，都要沿着两旁长满鲜花的小路，抱着小羊羔去泉边饮水。每逢她朝泉边走去时，小路两旁的鲜花便一朵接一朵地开放，并且舞动着优美的身姿，散发出浓郁的花香，好像是在向她问好似的。但是，这些鲜花却不喜欢肯慕麦提。当她走来时，它们非但不开放，就连已开放着的也把花瓣收拢起来，更别说是舞动身姿、散发芳香了。

祖慕莱提的后母是一个非常凶悍的女人，她想方设法虐待祖慕莱提，平日非打即骂。尤其是看到那些花喜欢祖慕莱提时，更是气恼得了不得。一天，她冲着老头嚷道："你怎么养了这么一个使人讨厌

的懒货!”

老头皱着眉头,厌烦地说道:“你嚷什么!”

谁知这句话却触怒了老婆,她借机撒起泼来,又是哭又是叫:“我实话告诉你,有她没我,有我没她。你给我把她扔到森林里去,让过路的人把她带走!我早就不愿跟她生活在一起了!”

碰到这么一个既凶悍又不讲理的女人,老头伤透了脑筋。他没办法,只得带着祖慕莱提到森林里,指着远处的一个地方,说:“孩子,你在这儿玩,我到那边去砍柴,等一会儿就回来。”

心地善良的祖慕莱提怎么也不会想到父亲会丢弃她,高兴地对父亲说:“行,爸爸,你去吧!”

然而,老头并没有去砍柴,他撇下祖慕莱提走了一段路后,便找了一棵大树,把斧子吊在树枝上,并在斧子旁又吊了块石头。风一吹,斧子和石头相碰发出“当、当、当”的响声,远远听来就像有人在砍柴似的。老头布置停当,便顺着另一条路回去了。

但是,可怜的祖慕莱提却一边愉快地在森林里采花玩,一边等候父亲砍完柴一起回去。她根本没想到父亲已把她丢弃了,听着远处传来的斧子和石头的撞击声,还以为父亲正忙着砍柴。夜幕降临了,森林里逐渐阴暗下来,阵阵树叶飒飒的响声使寂静阴暗的森林更加阴森可怕。祖慕莱提害怕了,她侧耳仔细一听,斧声仍然时断时续地响着。好心的姑娘以为父亲只顾砍柴忘记了回家,便抱着一大抱采来的野花朝着斧子响的地方跑去。但是等她跑过去一看,不禁惊得呆在了那儿,怀抱中的花也不知不觉落了下来,撒了一地。原来,这儿连个人影也见不到,只有吊在树上的斧子和石头相互碰撞着。祖慕莱提全明白了，狠心的父亲不要她了，故意把她丢弃在森林里。她不由得一阵难受，便失声痛哭了起来。

风儿为她伤心，森林替她难过，各种野花和小鸟都来安慰她，并和她做伴解除她的恐惧。不幸的祖慕莱提不知何往，只好茫然地向前走去。她走呀走呀，忽然发现远外有一闪一闪的灯光。祖慕莱提高兴极了，忙加快脚步朝灯光走去。走近一看，原来灯光是从一座房子中发出的，有位慈祥的老奶奶正从房里朝外走。祖慕莱提走上前去，向老奶奶施礼问候道："老奶奶，您好！"

老奶奶也亲切地向她招呼："进来吧，孩子！"

这个老奶奶原是一位女魔法师，她隐居在这儿已很久了。自从祖慕莱提到她家以后，她的家里彻底变了样。原来零乱不堪、又脏又暗的房子，如今被祖慕莱提收拾得井井有条，格外整洁，房子显得又舒适又豁亮。就这样，祖慕莱提在老奶奶家住了好长日子。一天，老奶奶对祖慕莱提吩咐道："你到房顶上去。"

祖慕莱提答应了一声，就上到了房顶。老奶奶的房子很高，在房顶上，就能把四周很远的地方都尽收眼底。祖慕莱提站在房顶上放眼向四周望去，看到了自己在森林边上的家，心中马上想起了父亲，一阵难受，忍不住哭出了声。老奶奶听到哭声，便在房下关切地问道："孩子，你哭什么？"

祖慕莱提抽抽咽咽地说："我看到了我的家，想起了我那可怜的父亲。他离开我也不知怎样过日子，除了我，家中再没人照顾他了。"

老奶奶安慰了她一阵，叫她别难过。次日早晨，老奶奶对祖慕莱提说："房顶上有两个箱子，一个是红的，一个是白的。你把白的留

下，把红的拿下来。”

老奶奶说完，便转身朝森林里走去。祖慕莱提遵照老奶奶的话，上房把红箱子拿下来。不大工夫，一辆套着骏马的篷车出现在老奶奶的屋前。老奶奶让祖慕莱提坐进车，又把红箱子放进车，然后递给祖慕莱提一把钥匙，对她说：“这是开箱子的钥匙，你把它拿上。到家后，再开箱子。”

祖慕莱提和老奶奶道别后，就坐着车回家去了。眨眼间，马车就把祖慕莱提送回了家。她到家时，正碰上父亲坐在门槛上痛哭。原来她的父亲被她的后母赶出了家门，无处安身，只得坐在院门的门槛上。他思念起被自己丢弃的女儿，正悔恨地哭着。祖慕莱提看到父亲，一下子扑到他的怀里，激动地喊道：“爸爸，我回来了。您好吗？”

父亲见女儿回来了，又惊又喜。他抚摸着女儿的头，痛心地说道：“孩子，请你原谅我的罪过吧！我失去了你以后，整天就像疯子一样坐卧不安。我几次到森林里去找你，都没找到。后来被你后母知道了，就把我也赶出来了。”

祖慕莱提回来的消息就像长了翅膀飞快地传遍了四邻，乡亲们闻讯后，纷纷前来探望、祝贺她。祖慕莱提拿出钥匙，当众打开了红箱子。众人上前一看，惊得睁大着眼睛，张大着嘴，愣住了。原来，红箱子中装着满满一箱极为贵重的珍宝。

祖慕莱提的后母看到这些值钱的东西，眼睛都红了。她又是惊异，又是羡慕，又是嫉恨，当即对老头喊道：“你马上把肯慕麦提给我带到森林里去！”

老头怕老婆。他一点都不敢耽搁，立刻把肯慕麦提带到森林里，像哄骗祖慕莱提一样，把斧子、石头吊在树上就回来了。

夜幕降临时，肯慕麦提也循声来到吊着斧子、石头的树下。一看这里只有她一个人，便咧着大嘴嚎啕大哭。可是，森林里的花、小鸟谁也不同情她，谁也不来理睬她。只有一只猫头鹰蹲在她对面的一棵树上，在阴暗的角落中直冲着她嚎叫。她害怕极了，不顾一切地撒腿朝森林外跑去。当天完全黑下来时，她跌跌撞撞地逃进了那位女魔法师的屋里。老奶奶见她惊恐不安，忙说："别怕，有我。"但是，她连一句感谢的话都说不出来，因为她从来就没学过一句感谢和问候别人的话。她一连在老奶奶家待了好几天。这些天中，她什么也不干。一天吃饱了饭，不是打扮自己，就是睡觉闲转。窗户玻璃上积满了灰尘，一点光线也透不进来，她也不知道去擦擦。房子里又乱又脏，她也不动手去收拾清扫。

一天，老奶奶从森林里回来后，对肯慕麦提说道："孩子，你到房顶上去拿些柴火下来。"

谁知，肯慕麦提把脸一变，高声嚷道："你没手吗？我又不是你的奴仆！"

老奶奶非常生气，忍住气，好说歹说把她哄上了房顶。她上到房顶，拿上柴火却不下来，坐在房顶上咧着嘴直哭。老奶奶便问："你哭啥？"

"我看见我的家了。你把礼物给我，我要回家去！"说着，两腿乱蹬，更加使劲地嚎了起来。

"好，你把房顶上那个白箱子拿下来，那是给你的礼物。"老奶奶厌恶地说。

肯慕麦提马上破涕为笑，拿着白箱子下来了。之后，老奶奶拿出一把钥匙，递给她说：“这是开箱子的钥匙。记住，箱子到家后才能打开。”

肯慕麦提接过钥匙，背起箱子，便扭头兴冲冲地朝家里走去。一路上，她吃力地背着箱子，连滚带爬地好不容易才摸回了家。

肯慕麦提回来了，她母亲高兴得不知干什么才好。接着，左邻右舍的人也闻讯赶来探看。他们见肯慕麦提也带回一个箱子，便请她打开箱子让他们见识见识。可是肯慕麦提和她母亲紧紧地捺住箱盖，就像邻居们要抢箱中的财宝似的，连声叫道：“不行，不能打开！”邻居们看到她们母女竟是如此，便一个个生气地走了。

等到夜深人静，母女俩把门紧紧地闩好，拿出钥匙打开了箱子。一看，都惊叫起来：“我的妈呀，快来救人呀！”原来，箱中装着一条粗大的毒蛇。

这个凶悍的老婆和她的女儿害怕极了，她们想夺路逃命，可是门却闩得紧紧的无法打开，急得在房子里直转。那条毒蛇出了箱子，一口把肯慕麦提和她母亲吞掉，就从窗子窜到院里不见了。

四邻听到呼救声赶来时，只见房门紧拴着。他们破门进去一看，房中什么都没有，肯慕麦提和她母亲也无踪无影了。

从此，善良的祖慕莱提和她父亲过上了安宁的日子。

翻译：苏 由

头上长角的依斯坎迪尔

古时候，有过一个名叫依斯坎迪尔的国王。他有一个奇怪的举动，就是每次剃完头后，都要把理发匠秘密处死。

就这样过了很久，谁也弄不清这里面的缘故。一天，依斯坎迪尔国王又要剃头了，他命人出去找理发匠。但是，因为理发匠被他杀得所剩无几，找了很久也没能找到一个理发匠。后来，东撞西寻，好不容易才找到一个年老的理发匠，便命令道："走，去给国王剃头去！"

"好。"老理发匠答道。

老理发匠进宫给依斯坎迪尔国王剃了头后，才发现国王的头上长着一对角。他不由得心里一惊，慌忙收拾了工具要走，可是已经晚了，国王早已下了处死他的旨意。

"尊敬的国王陛下，请您大发慈悲。我家中还有妻子，请您饶了我的一勺血吧，不要让我的孩子们失去父亲。"

老理发匠吻着地，老泪纵横地向国王乞求，并再三发誓，决不把国王头上长角的事泄露给第二个人。这样，依斯坎迪尔才相信了老理发匠的话，饶了他一命。

也不知过了多长时间，老理发匠一直把这件事装在肚子里，给谁也没讲过。谁知，他的肚子竟因此而胀大起来。起初，肚子胀得只有西瓜那么大，继而又胀成了大布包袱那么大，最后竟胀得像圆炉子那么大了。老理发匠实在受不了这样的折磨，想把憋在肚中的话说出去，可城里四处都是人，没有一个僻静的地方。最后，他便低着头悄悄地溜出城，来到山里想找个地方把话说出来。老理发匠在山里碰到了一口枯井。枯井四周异常寂静，就像刚清扫过又洒了点水的院子一样没有任何足迹。他看过后，断定这儿很久没人来过了，是他把憋在肚里的话说出来的理想的地方。不错，这个地方很久没有人来过了，这儿别说是人，就连鸟也没一只。就这样，小心谨慎的老理发匠还不放心，他又把井的四周仔仔细细地看了一遍，确信再无他人后，才朝着井里连着喊了三声："依斯坎迪尔头上有角！"老理发匠喊完后，心中顿觉十分舒畅，肿胀的肚子也当即瘪了下去，和好的时候一样了。于是，他便高高兴兴地一路观赏着山中的风景回家了。

此后，也不知过了多长时间，那口枯井中竟长出了一根很长的苇子。

一天，一个年轻的牧羊人赶着羊群来到枯井附近。他看到那根苇子不禁欢呼了起来。因为，这根苇子长得太好了，是难得的做苇笛的上好材料。年轻的牧羊人急忙跑过去把苇子折下来，兴致勃勃地做起苇笛来。

这个牧羊人非常喜欢音乐，他常用各种苇子做成苇笛，吹奏自己心爱的曲调。他吹奏时，就连最顽皮的小羊羔也一动不动地竖着两耳听着，那样子就好像在欣赏优美的音乐似的。离群和散失的羊，听到他的笛声，就会循声归圈。春天，下羔的母羊以及捣蛋的山羊，听了牧羊人的笛声，就会安安静静地在草地上吃草，从不胡跑和离散。

年轻的牧羊人坐在高高的小山包上，一边守着羊群，一边做着苇笛。后来，一支精美的苇笛做成了。年轻的牧羊人高兴地把苇笛举到唇边，准备试吹一支自己最喜爱的曲调。谁知，他一吹，苇笛竟发出一种奇怪的声音，年轻的牧羊人吓了一跳，不禁惊叫道："哎呀，这是怎么回事？太奇怪了……"

原来，不管年轻的牧羊人怎么吹，苇笛都不按他的吹奏发出悠扬的笛声，而是用很大的声音一个劲地重复：依斯坎迪尔头上有角。这声音就和老理发匠的一模一样。

结果，苇笛发出的声音就像可怕的消息一样，很快传进依斯坎迪尔国王的耳朵。国王大怒，以为是老理发匠不恪守誓言，在那儿大喊大叫，便命人把老理发匠抓进王官。老理发匠来到国王眼前，吓得全身直哆嗦。然而，那声音并没因此停止，人们仍然能清楚地听到。国王一见，心想：这大概是外敌入侵，故意在百姓前败坏我的威望，想借此搞垮我吧。于是，他便向山上派去了兵马。一看山上没有一个敌兵，只有一个年轻的牧羊人在那儿摆弄着苇笛，"依斯坎迪尔头上有角"就是从苇笛里发出的，便抓住牧羊人带到国王面前。

年轻的牧羊人因自己并没犯王法，便坦然地跟着国王的兵马朝王宫走去，路上他还以为国王是想听他的苇管哩。来到王宫，他才弄明白是怎么一回事。依斯坎迪尔国王得知没有外敌入侵后，气得全身直打战，他决定要把老理发匠处死。老理发匠对国王说："您若饶我一勺血，我就把真情讲出来。"

“我饶了，说吧！”国王吼道。

于是，老理发匠就把事情的经过从头至尾给国王说了一遍。接着，年轻的牧羊人也把怎样看到枯井已长出一根芦苇，怎样用芦苇做了一支苇笛，苇笛又怎样发出一种奇怪的声音，以及他怎样被抓进王宫的事一一讲了。

国王听了恼怒异常，可他却无法对老理发匠和年轻的牧羊人治罪，因为他们并没有对第二个人讲此事。依斯坎迪尔国王为了不让别人再继续知道他的丑事，便把苇笛踏了个粉碎。

但是，依斯坎迪尔国王输了。因为自此以后，依斯坎迪尔头上长角的事就在人们口头上传开了。并且，一代传给一代，一直传到今天。

这不是，我又把这件事讲给了你们，你们也知道了。

翻译：苏　由

满族

猫将军收礼

有一年，伊犁地区流行鼠疫，老鼠侵害了大片草原，使绿洲变成了沙漠。这事让兽中之王老虎知道了，便下了一道圣旨，命黑猫将军前去消灭老鼠。

黑猫将军接令后，带领它的猫兵猫将浩浩荡荡地开到伊犁河畔，安营扎寨后，立刻命令狸猫先锋前去查看实情。

老鼠王听到黑猫将军前来消灭它们的消息后，招来各路大臣商议怎样对付猫兵猫将。鼠军师献上一计说："这样庞大的猫军队我们没法抵抗，只有贿赂才行。"鼠王问："用什么办法贿赂？"鼠军师说："我想猫喜欢吃鱼，我们给它在伊犁河打捞些鲤鱼送去。"鼠王听后很高兴，就命鼠军师带了三百条大鲤鱼给黑猫将军送去。

鼠军师带着三百条大鲤鱼来到猫帅府，献上三百条大鲤鱼，说明了来意。猫将军听了不觉大怒。它下令把三百条大鲤鱼全部扔出去，并打了鼠军师一百大板，赶了出来。

鼠军师瘸着腿回来向鼠王诉说了事情的经过。鼠王听后，又

问坐在旁边的鼠宰相："你看这事怎么办？"

鼠宰相神秘地眨眨眼睛，胸有成竹地说："依我看，这是件好事。今天军师把鱼送了去，猫将军没有杀它，证明它想要这些鱼，主要是碍着众将军的面，不好收礼。我们晚上悄悄送去，看它怎么办。"鼠大王大喜，又命鼠宰相连夜把鱼送了去。

第二天，猫将军升帐后，下了一道命令，命猫兵猫将白天捉鼠，夜间休息。鼠王知道后也命它的鼠子鼠孙们白天睡觉，夜间出来干坏事。从此就流传下了这种习惯。

讲述：冯高氏

采录：龚茂夫　采录地：米泉市柏杨河哈萨克民族乡

天下无敌

清朝的某个时期，新疆又出乱子了。朝廷派了一个大将军，率一万清兵去西域平乱。

这大将军率兵西征，骑的是高头大马，手捧银制将军大印，身旁还有一个大轿子随行。在他前面锦旗招展，马队簇拥，中间炮队一拨接一拨，有子母炮、冲天炮，后面还有无数车马驮运粮草，那阵势好不威风。

这一队兵马出了京城，一路西行，白天走，晚上睡，扎帐篷，送给养，走得是人困马乏，眼看就要到天山了。一日，先锋来报，说是前方路不好走，给养供不上。大将军命众兵就地屯兵休整，筹集粮草，待装备整齐养足精力后再翻越天山。

这一队人马大约休整了半个月，一切都准备就绪，就要继续前行了。在出发前的一天，大家闲着没事，大将军就带着一帮人到县城去玩。他身着便衣，一身长袍马褂，戴着瓜皮帽，手持一把大扇子，随行的都是参谋、佐领之类人员，也穿着便装。进了县城，随行的清兵琢磨着是去喝酒呢还是吃饭呢，不知不觉已经到了一座酒楼前。只见酒楼廊檐上横挂一块牌匾，上书“天下无敌”四个大字。大将军就问身边的随行：“这是做什么的地方？里面怎么那么多人？”随行忙回答：“这是酒楼，里面既可以饮酒喝茶，还可以下棋消闲。这里有位座师，棋艺精湛，在这方圆几百里，没有能下得过他的人，所以他自书了这块匾，挂在了酒楼上。”

这将军是个棋迷，听到这些话心里有些不服气，嘀咕道：“我在朝廷跟棋师学的棋，你这山野村夫还在话下吗！进去瞧瞧。”随行见状，也一个个抖起精神随大将军进了酒楼。只见酒楼正厅有一屏风，屏风上还有一块牌子，上书四句话：“冲车跃马奇兵压，炮打连环主攻马。莫道屏前无名将，敢扯大帅落下马。”这大将军看到后一句“敢扯大帅落下马”，觉着扎心，他就是大帅呀。看来非得对一局不可了，于是招呼几个随行上去了。这大将军往那儿一坐，酒

楼座师忙过来迎候，问："请问贵客从哪儿来的？"大将军说："路过的，来下一盘棋。"

座师仔细端详这帮来人，随后说："这儿太乱，要下棋咱们到后面去，我这后面有一安静的客堂，还摆有好棋盘。"大将军也嫌这儿太乱，就起身到后屋，座师把帘子一掀，请客人进了后屋，两人往棋盘前一坐，就开局了。

第一盘，还没过多少招呢，座师三下五除二很快就赢了大将军。第一局输了，大将军有点急了，后面站着的清兵一个个脸色也不对劲儿了。接下来再下第二盘，这一盘大将军特别认真，座师只能跟着走棋子，三下两下，大将军赢了。他舒了一口气说道："你的棋果然下得不错，是无敌手，不过咱们再下第三盘。"座师答道："好，咱们下第三盘。"这第三盘大将军还是按前一盘的开局布阵，运筹帷幄，心里暗暗叮嘱：这人的棋路我已琢磨清楚了，要稳扎稳打。大将军使出浑身解数，两人杀得是难解难分，最后，座师把棋盘"啪"的一拍，说："我输了。""真的认输了吗？""认输，认输。""那好，你把那块牌子给我摘下来。"座师连忙应诺："我摘，马上摘。"

大将军乐呵呵地离开了酒楼，回营帐的路上心里还在嘀咕："这三局下得好，出兵西域，头一遭就遇上这样一个好兆头。"第二天清晨，大将军要率兵起程了，已上了马，可开拔前又想起昨天的事，忙命手下人去看看那牌匾摘没摘。手下这人正忙着随军进天山呢，只是纵马兜了一圈，回报大将军说牌匾已经摘了，大将军这才安心上路了。

满族少女　　　　林贵福　作

进了天山，打了三年仗，大将军大获全胜。班师回朝时，又路过这里。大将军想起当年对垒的事，心里又是一番得意，还想找那位座师下棋，就叫了几个侍从进了县城。来到酒楼前一看，那块牌匾——“天下无敌”四个大字还挂着呢。大将军面有愠色，正想进酒楼时，只见那位座师早已是满面春光地走出酒楼，连声问候：“大将军得胜了，这是班师回朝呀？”“是呀。”“咱们再下一盘棋如何？”“当然要下，你那块牌子不是还没摘嘛。”座师笑了，说：“当初我是答应过，可这盘棋还没下完呢。怎么着，咱们这就到后屋下完这盘棋如何？”

大将军好生纳闷：“这是什么意思？”座师笑而不答，引大将军进酒楼，来到后屋，只见这屋的门上着锁，锁都锈了，打开锁后，屋内满是尘土，座师赶紧清扫灰尘。大将军则走到棋桌前一看，咦，怎么还是那副棋？棋子刚好就是三年前座师“啪”的一拍棋盘认输时的那盘残局。座师邀请大将军入座，继续下完这盘残局。大将军也没谦让，落座后两人三下两下，没有几个回合大将军就败了。大将军不解地问道：“你这是一盘赢棋，当初为何认输？”座师回答说：“当初你往这儿一坐，我就看出你不是本地人，领着这一群人，一个个都是棒小伙子，说的都是满洲话，不是大将军怎能领这些人！你是出征的人，我能赢你吗？所以，第一盘赢你，那是真赢你，第二盘、第三盘那是让你，是给出征人的鼓励，让你心里充满胜利的信心，大步前进。你现在回来了，咱们这盘棋还得接着下，所以牌子我没有摘。”

听了这番话，大将军取下头盔，卸下盔甲，说：“这会儿，仗也打完了，我得跟你好好地下几盘，咱们先把这屋子收拾一下，今晚我就在这儿跟你下。”两人下了一个通宵。第二天清晨，二人走出酒楼时谁也没说输赢，大将军让座师把牌子摘下来，然后，他亲自书写了一幅大匾——天下无敌，挂到了酒楼上。

讲述：关学林

采录：佟进军 采录地：木垒哈萨克自治县

三忠碑的传说

不知道是哪朝哪代，也不知道是哪年哪月，奇台有了一个老满城，城里住着三个满族官佐，带着一拨清兵和他们的家眷。这一拨满洲人也不知在这儿住了多少年，反正是老的老，小的小，也有几千号人了。三个官佐一个是领兵的，一个是管粮的，还有一个是管骑射训练的，三人各司其职，共同管理老满城。

那时候，咱们这地盘上也不安定，一会儿这个打过来，一会儿那个打过去。有一年又出乱子了，不知道是哪儿的兵马一拨接一拨地开过来了。这三个官佐连忙召集家丁兵勇，筹粮备草、修筑城楼，以备不测。终于有一天临近的汉城被攻破了，随后满城也遭围攻。当时城里只有一千来兵，加上家眷共有四千来人，都困在城里，城楼已被围得水泄不

通，危在旦夕。那时的官兵已使用单筒火枪了，城里还备有大量火药。可是毕竟敌兵势众，满族官兵是越打越顶不住。三个官佐一合计，觉着这样守城不是办法，干脆大家合力出城打一仗，乘机送出几个人到将军府求救兵吧。于是，官佐们组织了一拨人出城打了一仗。送出三个人后，就班师回了城楼。这一出一进又一批人折腾没了，粮也没了，水也没了，又坚持了几天几夜，人是越打越少。眼看就要城毁人亡，最后连满族的格格们也上了城楼，大姑娘小媳妇，凡是能打仗的都上。守来守去，右边的城门还是被攻破了，又派人去堵，几经反复最后三个官佐觉着不行了，实在守不住了，而且外面攻城的人也在大喊：要杀尽城里所有的人。三个官佐一狠心，作出一个决定：与其坐以待毙，不如与满城共存亡。于是，把城里的火药都搬到了城楼上，把剩下的老人娃娃小孩也弄到城楼上来。这时大概也就剩几百人了，大家把搜罗来的火药布在城楼的上上下下，当城门再次被攻破，敌兵从四面八方涌到城楼前时，一位满族老汉拿起火种，点燃了火绳，城楼连同三位官佐和所有老人、妇女、孩子全都殉难了。

一个多月后，援兵才赶到，一看城楼和人全都没了，再仔细查看，全是让火药给炸的。突围出去的那三人将这事呈报给将军，将军又上奏到朝廷，朝廷下了诏书，令当地官府为满城三位官佐立“三忠碑”和“三忠祠”让后代传颂。现在，很多老人都说，这“三忠碑”和“三忠祠”民国时期还在，后来给拆了。但是，当地的满族老人至今还知道这个传说。

讲述：关学林

采录：佟进军　**采录地：**木垒哈萨克自治县